晴明さんちの不憫な大家3

烏丸紫明 Karasuma Shimei

ALPHAPOLIS
WEB CITY SINCE 2000

アルファポリス文庫

JN061643

https://www.alphapolis.co.jp/

目次

contents

Presented by Karasuma Shimei

第一話

惚れて惚れたしなお惚れ増して

1

「主さま。実はわたくし、道徳性というモノが限りなくゼロに近い存在なのですが……」

「はい？」

僕——吉祥真備《きちじようまきび》は、神妙な顔をして馬鹿みたいな自己申告をした神さまを見つめた。

季節は、二十四節気で言うところの『芒種《ぼうしゆ》』となった。

『芒《のぎ》ある穀類、稼種《かしゆ》する時也』——稲の穂先のように芒と呼ばれるとげのようなものがある穀物の種まきをするころという意味だが、現代での種まきの時期はもっと早いらしい。

中国・近畿地方だと梅雨入りするころになるけれど、幽世《かくりよ》の天気は季節に一切関係がない。

幽世の屋敷にとって、僕が主という役目を己の意思で気持ちよく担《にな》おうと、脅迫によって強引にやらされていようと、まったく関係ないらしい。主がいる——それだけが重要らしく、今日も腹立つほどのピーカン天気だ。主の心情なんて丸無視で。

もちろん、僕の心が清々《すがすが》しく晴れ渡っているなんてことがあるはずもない。

僕は未《いま》だ、『二十余年生きてきた中で一番の不憫』の真っ只中《ただなか》にいる。

「なんだ？　太常《たいじょう》。何を言い出した？」

　今は、幽世の屋敷で、例の『一日最低二時間の作業』というノルマをこなしている最中。寝殿《しんでん》の簀子縁《すのこえん》で、安倍晴明《あべのせいめい》が書き遺《のこ》したという大量の呪符や霊符を仕分けしている。

　最初は手伝ってくれていたけれど――ぽかぽか陽気が心地よかったのだろう。せっせと作業に勤《いそ》しむ僕の膝に頭を預けて、僕の守り刀である華《はな》はお昼寝中だ。

　そして、傍《そば》に座して、僕がサボらないよう見張っている鬼畜外道――もとい、神さま。

「ですから、わたくしには道徳性というものがまったく備わっていないのでございます」

「まったく備わってないって……サイコパスの鑑《かがみ》かよ」

　白の指貫《さしぬき》に、黒の袍《ほう》。垂纓冠《すいえいかん》。鞾沓《かのくつ》。手には檜扇《ひおうぎ》。艶《つや》やかな黒髪はきっちりと結われて、一筋の乱れもない。スラリとした長身と、僕を映す双眸《そうぼう》が太陽のごとき輝かんばかりの金と絶望を映したかのような漆黒のオッドアイであることを除けば、相変わらず平安時代の官吏そのもののような姿。

　かの安倍晴明が従えた最強の式神――十二天将。その一人、南西を守護する吉将・太常。象意は五穀や衣食住など、生活の幸を象徴するものだそうだ。また、『四時の善神』なんて呼び名もあるらしいけれど――善の文字を背負うなら、最低限道徳性は備わっているべきだ。もちろん、異論は認めない。認めてたまるものか。

でもまぁ、たしかに太常の道徳観がしっかりしていたら、あんなえげつない脅しをかけて僕を主に据えるなんてことは決してしなかっただろう。

だけど、神さまに道徳性がないなんて、手術中の執刀医の「あっ……（ヤバい）」ぐらい言っちゃ駄目なヤツじゃないのか？　少なくとも、笑顔で堂々と言うことではない。

そこまで考えて、ふと、いつぞやかの朔の言葉を思い出す。

『神に道理は通用しません。神のすることは、すべてが是《ぜ》です。神の行いを咎《とが》め、罰することができる者など、この世には存在しないからです』

そして、白虎《びゃっこ》の言葉も。

『基本、やりたいようにやるんだよ、太常は。って言うより、神ってのは基本的にそういうもんだ』

『神の行いに善いも悪いもない。すべてが是とされる。だから俺たち神は基本的に、自身を律することも、何かを我慢する必要もない。やりたいようにやる』

そうか。神さまに人の道理は通用しないんだった。

道徳性とか倫理観って人間独自のものだもんな。社会で生きるためだけに必要なもので、だからこそ時代によっても大きく変わるし、住んでいる土地――国によってもかなり違う。

当然、人間以外のモノには適用されない。

そう考えると、あながち突飛《とっぴ》なことを言っているわけではないのか。タイミングはマジで謎だけど。

僕は手の中の呪符を見つめたまま、小さく肩をすくめた。

「で？　お前が素晴らしく模範的なサイコパスなのがどうかしたのか？　あと、なんで急にそんなことを言い出したんだよ？　今、そんな話してたか？」

「いえ……。ですが、ふと思い出しまして」

「何をだよ？　自分が模範的サイコパスなことをか？」

それ、忘れてるのかよ。普段。

「いいえ、そうではなく」

太常が首を横に振り、あらためて僕を見つめる。

「人間とは違い、神には道徳性や倫理観というものがございません」

「お前だけの話じゃないのか。神さま全般？　たしかに、白虎もそう言ってたけど」

「基本的にはそうですね」

だから、神さまって鬼畜ドSばっかりなんだな。

「ですから、これは相手に申し訳ないなどと、相手の立場や気持ちを慮《おもんぱか》って行動することがないのです」

そんなきっぱりと。

「何度聞いても、堂々と言うようなことじゃないんだよなぁ……」

仮にも、主と呼ぶ人間を相手に。最低限、主だけはいろいろと慮ろうぜ。

――まぁ、でも、それを訴えたところでどうせ無駄なんだろうな。

僕はやれやれとため息をついて、自分の膝に頬杖《ほおづえ》をついた。

「それで？」

「だからというわけではないのですが、わたくし、すっかり忘れていたことがございまして。つい先ほど、それを思い出したのでございます」

「ああ、なるほどね？　道徳性とか倫理観がないゆえに、何かをやらかしてたってことか。OK、OK。よくわかった。それで？　どんな鬼畜な所業をやっちゃったんだよ？」

「実は、昨夜遅く、主さまを訪ねてきた者がおりまして。何やら、助けていただきたいと」

「僕に？」

僕は思わず顔をしかめた。

この幽世の屋敷を訪ねてきたということは、相手は神かあやかしだ。

頼みごと自体は別に構わないんだけど、何が嫌って、『屋敷の主』にお願いしようとするヤツは大抵、安倍晴明の次なる主ってことで僕の力を過大評価しちゃってるんだよなぁ。

僕は安倍晴明とは違う。太常と片目を交換していなければ、神やあやかしを見ることさえできない凡人だ。

僕に主という役目を押しつけた太常ですら、僕には霊的な力は何もないと認めていた。

「あなたの霊力は滓《かす》みたいなものです。おまけに知識も何もない。霊能者としてのあなたはゴミクズ以下です」ってな。――今思い出しても、もっとほかに言い方があっただろ。

朔《さく》も、「安倍晴明の次なる主って肩書きが立派なだけで、マキちゃん自身には霊的な力はほとんどありませんよ」と言っていた。

だけど、僕を直接知らない神やあやかしたちは、そうは思わない。――思ってくれない。

朔はなんて言ってたっけ？　「日本を代表する超有名大企業の代表取締役に就《つ》いた人が、知識も能力も皆無でまったく役に立たない凡人以下のゴミカスだって言われても信じない」だったか。それは本当にそのとおりで、どうしても神やあやかしたちの間には、『次の主は先の主――安倍晴明並みの者のはず』という固定概念が存在している。何もできないただの人間だって言っても、信じてくれないんだ。

困っているなら、助けるのはやぶさかじゃない。でも、だいたい要求が僕のできる範囲をはるかに超えてくるんだよな。それが困る。

やばいな、嫌な予感しかしない……。

「……詳しい話は聞いたのか？」

ビクビクしながら訊《き》くと、太常が「いいえ、主さまに直接お話ししたいとのことでしたので。とくに興味もございませんし」と首を横に振る。――最後の、言う必要あったか？

お前、本当にこの国を救いたいのかよ？　とくに興味がないって……。あやかしだって、この国で生きるモノだぞ？

呆《あき》れる僕に、しかし太常はとくに気にする様子もなく、しれっとした顔で話を続ける。

「しかし、もうすでに日付が変わろうかという時間でしたので、主さまはすでにお休みだと伝えました。多くの人間は、休む時間だと」

「あ、そっか。あやかしは、夜に活動するモノも多いから……」

「ええ。その感覚で来てしまったのでしょう。力を借りたいと欲するならば、人間の時間に合わせなさいと伝えました。一分一秒を争うことならともかく、そうではないのであれば、主さまがいらっしゃるまで待ちなさいと」

「ええと……？」

僕は首を傾げた。

あれ？　今、何かおかしかったか？

「それのどこが模範的サイコパスなんだよ？　実に正しい対応だと思うけど……」

ノーアポで、しかも礼儀に反した時間に来たら、話を聞く前に「まずちゃんとした時間に出直せ」と言うのは当たり前だ。そこは、人間もあやかしも関係ない。

もちろん、一分一秒を争う火急の要件の時は別だけど。

「緊急の案件じゃなかったんだろ？」

「ええ、そこは確認いたしましたので」

「じゃあ、対応はそれで合ってるだろ。相手も、出直すことで納得したんだろ？」

「……納得はしていましたね。それはそのとおりだと、申し訳なかったと言っていました」

……なんか、変な間があったな。今。

僕は少し考え、眉を寄せた。

「納得、は……？」

納得はした。じゃあ、何をしていいいいない？

「太常？」

「いつおいでになるのかと尋ねられましたので、日によって違いますと答えましたところ、出直そうにも主さまがいらっしゃる時間がわからないので、このまま待たせてほしいと――門の外で構わないので、どうかお願いしますと請《こ》われまして」

「はぁっ⁉」

オイ、ちょっと待て！　それを忘れてたのかよ⁉

予想だにしていなかった言葉に、素《す》っ頓狂《とんきょう》な声を上げてしまう。

僕の膝に頭を預けて眠っていた華がビクッと身を震わせ、うっすらと目を開けた。

「……ヌシさま……？」

眠たげに目を擦りながら、緩慢な動きで起き上がる。

陽光にキラキラと輝く金色の髪。獣の瞳孔《どうこう》を持つ大きな金色の目に、さらに大きな狐耳。

ふかふかの尾。白い狩衣《かりぎぬ》に大正時代に流行《はや》ったのだという緋色の短袴《たんこ》に、黒の革のブーツ。

今日も最高に可愛《かわい》い僕の幼女――もとい、守り刀。

「どうかしたのか……？」

「あ、あぁ……ごめんな？　起こしちゃって。太常が鬼畜なもんでさ」

「それは、いつものことであろう……？」

「まぁ、そうなんだけど。華、眠いなら本体の中で寝てていいよ。用がある時は呼ぶから」

「ん……そうか……？」

少し迷ったそぶりを見せたけれど、そのままフッと消えてしまう。

僕は息をつき、そのまま膝立ちになって太常の胸もとをつかみ上げた。

「お……前なぁっ！　じゃあ、昨日の夜中から門の外に放置しっぱなしってことかよ！」

「ええ、すっかり忘れておりまして」

だから！　堂々と言うことじゃねぇんだって！

「そういう時にこそ、朝から迎えに来いって！」

どうでもいい時ばっかり、叩き起こしに来るくせに！

最悪、僕の顔を見た瞬間に思い出せよ！　なんで、作業をはじめて三時間後なんだよ！　っていうか、本当に忘れてたんだろうな？　しっかり覚えてたけど、作業をさせるために黙ってたんじゃないのか？　お前ならやりそうなんだよな。それぐらいの所業は。

「もう十六時だぞ？　本当に……馬鹿かよ！」

僕は仕分け途中の呪符・霊符類を混ざらないように文箱に押し込んで、立ち上がった。そのまま素早く階《きざはし》を下り、スニーカーに足を突っ込む。

「門って……四脚門《よつあしもん》か!?」

訊いておいてなんだけど、それ以外にないだろう。屋敷の敷地の外で待ってるんだ。

僕の自宅のトイレのドアは、大体中門に繋がる。中門とは簡単に言うと、四脚門を入った先にある第二の門だ。そこを通って中と入ることができるのは、主のみ。従者や訪問者には、また別の入り口が用意されている。

だから、塀の外に僕を待っているモノがいても、その存在に気づくことはできないんだ。

「わたくしもすぐに行きますので、迂闊《うかつ》な約束はなさらぬように」

太常の声が追いかけてきたけれど――本当にどのツラ下げて言ってんだよ。お前。

返事をする気も起きない。僕はそのまま庭を駆け、中門を抜けて、平安時代の駐車場――

牛車を置いておくための玉砂利スペースを突っ切った。

僕の到着を待っていたかのように、四脚門がギギギと軋《きし》みながらゆっくりと開く。

その隙間《すきま》から、僕は勢いよく外に飛び出した。

「……！」

僕の姿を見た瞬間、四脚門の正面――五メートルほどのところに正座していたあやかしが、ビクンと身を震わせる。

褐色の肌に、瞳孔ガン開きのギョロリと大きな目。鋭い牙が覗《のぞ》く、耳まで裂けた大きな口。

そして、背中まである緑色のざんばら髪。袖なしの着物からは、筋肉が盛り上がった太い腕。

その――見るからに強そうで凶暴そうなあやかしが、勢いよく額を地面に擦りつけた。

……おい、嘘だろ？　まさか十六時間、そうして正座してたんじゃないだろうな？

知らなかったこととはいえ、申し訳なさが天元突破だ。

そりゃ、門の外で十六時間も（正座で）待たせて平気なヤツは、たしかに道徳性の欠片《かけら》もないよ！　間違いないよ！

「わたくしは粋呑《すいとん》と申すモノ！　主さまにどうか助けていただきたく、まかりこしました！　どうか、このような醜《みにく》い姿を晒《さら》す無礼をお許しいただきたい！」

口が大きければ、声も大きい。あたりにビリビリと響き渡る。

「そして、これなるは一貫小僧《いっかんこぞう》！　わたくしどもは美作国《みまさかのくに》のあやかしにございます！」

「え……？」

緑の髪のあやかしが、正座している状態で僕の背丈よりもはるかに大きかったのもあって、隠れてしまっていたのだろう。言われてはじめて、その後ろに袈裟《けさ》姿の小坊主がいることに気づく。彼もまた、地面にしっかりと額を擦りつけていた。

「う、うん、粋呑と一貫小僧だな？　とりあえず、頭を上げてくれ。ええと――朔」

呼ぶと――何もない空間から、スラリとした長身の中性的なイケメンが現れる。

「お呼びですか？　マキちゃん」

ツンツンと好き勝手な方向を向いた黒の短髪に、引き締《し》まった精悍《せいかん》な頬。まっすぐ通った綺麗《きれい》な鼻筋に、形のよい唇。猫のようにセクシーなつり目はヘーゼルの色あい。

朔は、『仙狸《せんり》』――山猫が長い年月を経て神通力を身につけたもので、美男美女に化け、人間の精気を喰らうのだそうだ。幽世の屋敷の周りに棲《す》みついているあやかしだ。

僕が朔という名を与えたため、呼べばこうしてすぐに来てくれる。

黒いスウェット生地《きじ》のわりとタイトなライダースパーカーにゆるっとしたサルエルパンツ、さらにはゴツめのスニーカーと、今日もおしゃれな格好だ。

「あやかしペディアをしてくれ」

「ああ、ハイハイ。粋呑と一貫小僧ですね？」

「美作国のあやかしって言ってるけど。美作国っていったら、今の岡山県津山市《おかやまけんつやまし》、美作市、真庭市《まにわし》あたりだな？」

「そうですね。真庭市の蒜山《ひるぜん》地方にゆかりのあるあやかしです」

朔が僕の隣に来て、にっこりと笑う。

「粋呑は、人心を読み、悪事を企む者や他人に迷惑をかける者の前にスイーッとやってきてトンッと一本足で立ち、引き裂いて食べてしまうと言われているあやかしです。そのため、蒜山には悪人がいなかったんだとか」

「え？　音から来てるのか？　スイーッと来て、トンッと一本足で立つから、スイトン？」

「ええ。粋に呑むという漢字は、あとから当てられたんだと思いますよ。悪人だけを喰らうあやかしなので、信仰の対象になったこともあります。実際、蒜山高原でもいたるところに粋呑をデザインした像が立ってます」

「へぇ」

「一貫小僧も蒜山高原に伝わるあやかしで、登山者の前に経文を唱えながら現れて、言葉を交わすと消えるというモノです」

「言葉を交わすだけ?」

「ええ。登山者にとっては、旅の無事を祈ってくれる良いモノという認識ですね」

蒜山で、昔から人とともに在って、人に愛されてきたあやかしってことか。

「なるほどね。ええと——粋呑?」

「は、はい!」

「ごめんな? ずいぶん待たせちゃって」

僕が悪いんじゃないけど、代わりに謝るわ。うちの鬼畜、道徳性が皆無の生きものだから。

「な、何を仰《おっしゃ》いますか! お目通りが叶っただけで、ありがたく! ありがたく!」

だけど謝った瞬間、粋呑と一貫小僧がギョッとした様子で身体を弾かせて、再び平伏してしまう。——あ、そっか。謝るのは逆に萎縮《いしゅく》させてしまうか。

僕は内心ため息をついた。

そういうところ、本当に困るよなぁ。僕は何もできない凡人でしかないのに。すごいのは安倍晴明であって、僕じゃないのに。岡山の土地を受け継いだってだけで、この屋敷の次の主に(脅迫されて)なっちゃったってだけで、偉くもなんともないのに。

でも、敬わないでくれと言ったところで相手を困らせてしまうだけだろう。それはそれで申し訳ない。ここは、全力で主ヅラするしかないか。

「頭を上げてくれ」

僕は再度ため息をついて、おずおずと頭を上げた粋呑を見上げた。

「助けてほしいって聞いたけど……」

「ええ！　阿部の主さまよ！　そのお力をお借りしたい！」

そう叫んで、三度《みたび》ひれ伏す。

「どうか、どうか、わたくしどもの主を止めてくだされ！」

「お前たちの主……？」

「はい！　わたくしどもの主は、この山陽地方のヌシにございます！」

僕の隣で、朔が「えっ⁉」と目を丸くする。

ほぼ同時に、背後の門から太常が姿を現した。

「山陽地方のヌシですって？　まさか……」

「はい、ぬらりひょんにございます！」

「ぬらりひょん⁉」

その名は、僕でも知っている。有名なあやかしだ。

「わたくしどもの主は、人間をあやかしにしようとしているのでございます！　どうか！　どうか！　阿部の主よ！　止めてくだされ！」

「は……？」

その信じられない言葉に、僕たちは目を丸くして顔を見合わせた。

人間を、あやかしに——⁉

2

「人間をあやかしにするなんて、そんなことができるのか？」

街を彩るネオンが、窓の外を走ってゆく。

雨が降っているのもあって、まだ十八時前だというのにあたりはかなり暗い。

「人の身でありながら、人の道を外れ、人ならざる鬼畜生に堕ちるモノも稀《まれ》におりますから、可能か不可能かと問われれば、可能でしょう。しかし……」

僕の問いに、『鴨方《かもがた》さん』の姿でハンドルを握る太常が、眉をひそめる。

「自ら堕ちるならばともかく、他者を変化させるという話は……」

「聞いたことがない？」

「ええ。人間の創作にはあるのかもしれませんが」[9]

「でも、ぬらりひょんは本気なんですよね？」

後部座席の朔が、隣に座る一貫小僧を見る。はじめての車が怖いのだろうか？　彼はブルブル震えながら、首を縦に振った。

いや、怖いのは、大いなる十二天将の太常か？

それとも、ある意味主に逆らう行動をしていることだろうか？

立つと三メートル近くになる粋呑は、車に乗ることができない。だから、ずっとこの車と並走しているんだけど……走るというより、両足を揃えてぴょんぴょん跳んでるんだよな。

伝承の『トンッと一本足で立ち』ってのはこれか。

誰かに見られやしないか、筋肉質な太い腕や足で、街灯や街路樹をなぎ倒しやしないか、建物を壊しやしないか、人にぶち当たりしやしないかヒヤヒヤしてるんだけど、今のところ破壊音も悲鳴も聞こえてはいない。

「たしか、ぬらりひょんって妖怪の総大将だったよな？」

粋呑を見つめたまま尋ねると、太常と朔が同時に「いいえ」と言う。えっ⁉　違うの⁉

「それは、後世になって付け足された俗説ですね」

「そうなんだ……」

山陽地方のヌシって言ってたけど、総大将ではないのか。

「じゃあ、家に入ってきて好き勝手する妖怪……であってるか？」

「それも、後付けで創作された設定です」

え、マジかよ？

「あれ？　じゃあ、僕が知ってるのは名前だけだな」

僕が知ってるぬらりひょんは、人の家に入って来て、まるで家の主であるかのように好き勝手をする妖怪で、百鬼夜行を率いる総大将だから。

「見た目は、禿《は》げ頭の老人ですよ。頭が少し特徴的な形をしておりますが」

「それで？」

「基本的にはそれだけです」

「は……？」

思わず、太常を見る。

「いや、それだけって……」

「いえ、本当にそうなのですよ。江戸時代に妖怪画や妖怪絵巻で多く描かれて、人々の間に浸透したことから生まれたあやかしですから」

「え？　じゃあぬらりひょんも、まくら返しや豆腐小僧のように昔の人の創作や、口裂け女、人面犬のように噂話や都市伝説から生まれたタイプのあやかしってことか？」

「ええ。そのため、外見以外の設定はあいまいです。『ぬらり』とすり抜けて『ひょん』と思いがけなく現れるモノ――ぬらりくらりとつかみどころのないあやかしというだけです」

「岡山《ここ》には別の伝承もありますよ、マキちゃん。人の頭ほどの大きさの球体で、瀬戸内海に浮かんでいて、捕まえようとする手をぬらりとすり抜け、かと思えばひょんと浮かんできてからかうという、結局つかみどころのないってアレなんですけど……」

「球体って……。それって、僕が嫌いな諸説ってやつだろ？　本当は？」

「む、む、昔、頭だけになって浮かんで漁師を驚かす遊びを、よ、よくやっていたそうで、ご、ございます」

一貫小僧がブルブル震えながら、教えてくれる。

「そ、それが、人間の間で、噂になったものと……お、お、思われます」

頭だけで瀬戸内海に浮かんで漁師を驚かすって……でも、なるほど？　頭だけだったから、球体って認識されたってことか。

「じゃあ、見た目は『禿げ頭が特徴的な形をしたおじいさん』で、性質は『のらりくらりとつかみどころがない』って覚えておけばいいか？」

「は、はい！　そ、それで、間違いございません……」

「妖怪の総大将ではありませんが、山陽地方の妖怪のまとめ役みたいな立場ではあります。人の間で有名なのもあり、存在力が強いですから」

「ああ、それで山陽地方のヌシってことか。ＯＫ、理解した」

ぬらりひょんのお勉強が終わったところで、太常がハンドルを切る。

「主さま、そろそろ岡山駅ですが」

「あ、そっか。じゃあ、一貫小僧？　とりあえず岡山駅にってことで、ここまで来たけど」

ここからどうしたらいいのか訊こうとした、その時だった。

「岡山シンフォニービルのほうへお進みくださいや」

太常でも、朔でも、一貫小僧でもない、しわがれた声が響く。

ギョッとして車内を見回した瞬間、前座席と後部座席の間にポコンと歪《いびつ》な球体が現れた。

「っ⁉　うわぁっ！」

「は⁉　えっ⁉　なんだこれ！」

「ひ、ひぃっ！　あ、主さま！」

朔と僕が驚愕する中、一貫小僧だけが恐怖の悲鳴を上げる。

えっ⁉　待て。主さま⁉

よく見るとそれは老人の——いや、ぬらりひょんの頭だった。こ、これか！　瀬戸内海に浮かぶ球体！　こう言っちゃなんだけど、気持ち悪っ！

「まったく……！　このあんごうたれどもが！」

ぎょろりとした目で一貫小僧をにらみつけ、ぬらりひょんが唸《うな》る。

一貫小僧はさらなる悲鳴を上げて、その場にひれ伏した。

「も、も、も、申し訳ございません！　あ、あ、主さまっ……！　で、ですが、ですが……わ、わ、わ、わたくしは……！」

「やめえ。ここで問答する気はありゃーせん」

「……！　し、し、しかし、主さま……！」

「お前らなりの考えがあっての行動じゃろう。それはわかっとる。じゃけぇいうて、阿部のあたりの主どのにご迷惑をおかけしてええということにはならん！」

ぬらりひょん（の頭）がため息をついて、スイッと僕の前にくる。

「えらい悪うございました。阿部のあたりの主どの。このような場所まで……」

「別に？　僕は助手席に乗ってただけだし、なんてことはないよ。謝ることじゃない」

そう言って笑って——まるでお辞儀《じぎ》をするかのように恭《うやうや》しく頭を動かしたぬらりひょんをじっと見つめた。

「放っておけるような話でもなかったしな」

『人間に何かするつもりなら黙ってはいない』と言外に匂《にお》わせると、ぬらりひょんが黙る。

そして、小さくため息をつくと、「岡山シンフォニービルのほうへ、岡山市営の城下地下駐車場に車をお停めください」とだけ言って、そのますぅっと空気に溶けた。

「……会ってくれはするんだな」

意外だなと言うと、その言葉こそ意外だったのか、朔がバックミラー越しにこちらを見る。

「そりゃ、そうでしょう。十二天将や、その主を追い返せるあやかしなんていませんよ」

「追い返すのはな？　でも、逃げることはどれだけでもできるじゃないか」

「……！　それは……」

「悪事を働くつもりだったら、そうしたっておかしくないだろ？」

おかしくないどころか――本当によからぬことをたくらんでいたら、人間を主に持つ人間贔屓《ひいき》の十二天将が乗り込んできて、逃げずにいられるはずがない。

心にやましさを抱えるモノほど、逃げ足は速いものだ。

「それは、たしかに」

「っ……！　お、お、お待ちください！　あ、あの、あの……主さまには、あ、あ、悪事を働くつもりはないのです……！」

納得した様子で頷《うなず》いた朔の隣で、一貫小僧がひどく慌てた様子で声を上げる。

僕は後ろを振り返って、大きく頷いた。

「うん、それはそうだと思う」

「え……？」

予想外の言葉だったのか、一貫小僧がぽかんと口を開ける。

「ごめん、誤解させる言い方だったたな。逃げることなく会ってくれるみたいだし、僕の目をまっすぐ見て話してくれたし、太常にも一切怯《ひる》まなかった。だからきっと、ぬらりひょんに悪事を働くつもりはないんじゃないかなって言いたかったんだ」

「そ、そうでございましたか……」

一貫小僧がホッとした様子で息をつく。

「え？　待ってくださいよ、マキちゃん。人間をあやかしにするってのは、イコール人間を害するってことでしょう？」

「いや、そうとも限らない」

なぜなら、人間の常識とあやかしのそれはまったく違うからだ。

「僕が良かれと思ってしたことが、仔犬の根付の付喪神《つくもがみ》としての生を終わらせてしまった。朔も覚えてるだろ？　そういうことだってあり得るんだ」

あやかしの夢渡《ゆめわたり》もそうだった。

夢の中では笑うのに、起きている時は「ツライ」と「苦しい」と「死にたい」と言っては泣いてばかりの女性を笑顔にするために、あやかしの世界に連れ去ろうとしていた。

「ぬらりひょんも、良かれと思って人間をあやかしにしようと考えていると？」

「そういう可能性だって十分あるさ」

価値観の違いによる行き違いなんて、人間同士でだってしょっちゅうあることなんだから。

僕は一貫小僧を振り返って、にっこりと笑った。

「不安だったろ？　安心していいよ。お前たちの主はちゃんと人間が好きだよ。保証する」

「……！　あ、阿部のあたりの主さま……！」

一貫小僧が感極まった様子で、着物の袖で涙を拭《ぬぐ》う。

その震える肩をぽんぽんと優しく叩いて、朔がバックミラー越しに僕を見つめた。

「まぁ、マキちゃんがそう言うんなら、そうなんでしょうね」

「うん、そこは信用してくれていい」

僕は安倍晴明みたいなことは何もできないけれど、心に関することにはほんの少しだけ自信がある。

「ぬらりひょんは、人間を害するつもりで、あやかしにしようと思ってるんじゃない」

「問題は、その理由ですね」

太常が前を見つめたまま、そっと息をつく。

「善意のほうが厄介《やっかい》ということは、往々にしてございますから」

「まぁ、そうだな」

そればっかりは、予測がつかない。

僕は流れゆく街の明かりを見つめて、小さく呟《つぶや》いた。

「さて、鬼が出るか蛇《じゃ》が出るか」

3

「阿部のあたりの主どのにおかれましては、かような場所までご足労いただきまして」

車を降りた瞬間、空気から溶け出すように現れた着物姿の老人が、恭しく頭を下げる。

「どうぞ、このあんごうたれどもの無礼をお許しください」

あんごうたれ……馬鹿たれとか阿呆《あほ》たれって意味かな？

「人間をあやかしにしようとしてるなんて聞いたら、来ないわけにはいかないだろ？」

「人間に仇《あだ》なすモノを罰するために、でございますか？」

冗談《じょうだん》めかして言いつつも、僕を見つめる眼光はひどく鋭い。さすがは山陽地方のヌシだ。威厳が半端ない。一貫小僧がビビり散らかすのもわかる。

その視線をゆったりと受け止めて、僕は首を横に振った。

「まさか。僕にそんな権限はないよ」

「ほう？　では——？」

「粋呑と一貫小僧はお前がその方法を探してることに気づいただけで、その動機については何も知らなかった。だから、それを訊きに来たんだよ」

意外な答えだったのか、ぬらりひょんが目を丸くして僕を見上げる。

「理由を尋ねるために、でございますか？」

「そう。話をしに来たんだ」

僕にできることは、それだけだから。

そして、僕がすべきことも、だ。

「粋呑と一貫小僧の話だけ聞いて、すべてを知った気になって敵認定なんて、そんなことは絶対にしないよ。まずは話を聞いてみないと、お前が本当に人間に仇なそうとしているかはわからないだろ？」

その言葉に、ぬらりひょんが目を細める。

「……なるほど。面白い御方じゃゃ」

「そうか？　僕にとってはこれが普通なんだけど」

「じゃけん、おもろいんじゃ。あやかし相手に、まずは話してみようと考える人間は、そうおらん思います」

「まぁ、それはそうかもな」

普通の人間にとって、あやかしイコール恐ろしいモノだから。

僕だって、太常に脅迫されて屋敷の主になってなかったら、そんなふうに考えたかどうか。

そもそも、太常の力を借りてなかったら、あやかしを見ることもできないしな。

「そういや、主どのは岡山の生まれではないとお聞きしましたが」

「ああ、うん。東京生まれ、東京育ち」

「では、岡山の山海の幸をごちそうしますけぇ。行きつけの店が近くにありまして。お話はそこで」

「あ、嬉しい」

腹減ってたんだよ。

「では、こちらへ」

そう言って笑って、ぬらりひょんがきびすを返す。そして、杖でコツンと地面を叩いた。

その音にビクッと身を震わせ、一貫小僧が「で、では、御前失礼いたします！」と叫んで、搔《か》き消える。

そのまま歩き出したぬらりひょんのあとについて、僕らは地下駐車場を出た。

「ぬらりひょん、お前がどういうつもりで人間をあやかしにしようと思っていたにしても、粋呑も一貫小僧も主と慕《した》うお前のことを思って、僕のところに来たんだ。お前の意に反する行動をするのは、ものすごく勇気が要ったはずだ。そこは理解してやってくれ」

どうか、罰を与えるような真似だけはしないでほしい。

「もちろんでございますよ」

ぬらりひょんが穏やかに——なんの含みもなくあっさりと頷いて、少しだけホッとする。

僕は足を速めて、ぬらりひょんの隣に並んだ。

「行きつけって、あやかしのための店じゃないよな？」

「ええ。このじじいは、人間のふりをするのが得意でございましてな」

そう言って、僕を見上げてニィッと笑う。

「ここ三十年ほど、通い詰めとる店なんですよ」

「へぇ！　三十年も？」

「ええ、なん言うても肴《さかな》が美味《うも》うてですな。——さ、こちらです」

大きい通りから一本裏に入ったところで、ぬらりひょんが足を止める。

岡山市の中心街も中心街。オフィスビルがひしめき合う、その一角。こじんまりとした、小さな四階建てのビルの一階店舗。

三十年前から通っているということで、古めかしい外観を想像していたけれど、どこかで一度改装しているのだろう。とても綺麗で、かつおしゃれだった。

瓦葺《かわらぶ》きの庇《ひさし》に漆喰《しっくい》の塗り壁。その白さに映える、紅殻《べんがら》塗りの千本格子引き戸。その前には、渋い海老茶色の暖簾《のれん》がヒラリと風に揺れる。

壁にかけられた透明のアクリル看板には、ひどく流麗な文字で『粋《スイ》』とだけ書かれている。

町家風でありながら、スッキリとモダン。たしかに、粋な店構えだった。

「いらっしゃいませ」

カラカラと引き戸を開けると、七十歳手前ぐらいの老夫婦が笑顔で迎えてくれる。

ゆったりと八人座れるカウンターに座敷の四人席が二つ。店内は木の温もりが感じられる和モダンなデザインで、暖色系の明かりになんだかホッとさせられる。

「まぁ、瀬戸のおじいちゃん、いつもありがとうございます」

「今日は連れがおりましてな。座敷席でお願いできますかな」

「はい、大丈夫でございますよ。みなさま、奥へどうぞ」

にっこり笑顔で案内された席に座る。僕の隣に太常が、僕の正面に座ったぬらりひょん、その隣に朔。

いい匂いのする熱々のおしぼりで手を拭きながら、僕は奥さんが卓の上に置いた手書きの『本日のおすすめ』を覗き込んだ。

「岡山の山海の幸って言っても、ピンとこないな。フルーツが有名なのは知ってるけど」

「なんと！ ブランド牛だけでも有名なもんがなんぼもありますけんのぉ。千屋《ちや》牛は全国の和牛のルーツとも言われる歴史が深い黒毛和種じゃし、備中《びっちゅう》牛も明治時代から続く伝統と歴史に裏打ちされたたしかな品質の和牛じゃ。ほかに、つやま和牛になぎビーフも……。牛だけじゃありゃあせんで。岡山ピーチポークに森林どりなんかもありますけん。温暖な気候は、農作だけじゃのうて畜産にもとても向いとります」

「ああ、そっか。言われてみれば、そうだよな」

「津山には独特な肉食文化もありますよね。そずり鍋とかヨメナカセとか。あ、マキちゃん、ホルモンうどんは知ってるんじゃないですか？ 二〇一一年の『B級ご当地グルメの祭典B‐1グランプリ』で二位になってるんですけど。俺、実は好きなんですよ」

「あ、聞いたことある」

食べたことはないけど。

「それより、ヨメナカセが気になったんだけど。嫁を泣かせるって名前なのか？」

なんか物騒だな。

「心臓近くの大動脈のことで、一般的にはコリコリとかタケノコとかハツモトって呼ばれる部位なんですけど、こちらではヨメナカセって言うんですよ」

「ああ、コリコリは聞いたことあるかも？　でも、なんでヨメナカセなんだ？」

「いろんな説がありますね。下処理が大変だから嫁が泣くとか、誰が調理しても美味いので嫁の仕事を奪ってしまい、泣かせる。美味すぎるので嫁に食べさせようとしないため、嫁が泣くとか……。あとは、滋養強壮効果で夜が強くなり、別の意味で嫁が泣くとか」

「へぇ～」

「興味がおありなようじゃけぇ、それを頼みましょうか」

「え？　焼肉を？」

初《しょ》っ端《ぱな》からそれはキツくないか？

っていうか、名前が違うだけで東京にもあるなら、別にここで食べる必要もなくないか？

「どうせなら岡山ならではのものが食べたいんだけど。そして、最初はやっぱり生ものとか、あっさりしたものからはじめたい」

もちろん、ここには話し合いをするために来たんだよ。それは、ちゃんとわかってるよ。でも、やっぱり食事は食事で楽しみたいじゃんか。

「関東ではホルモンと言えば焼肉かもしれませんけど、こっちではそんなことないんですよ、マキちゃん。あっさりしたホルモン料理もあります」

「あ、そうなんだ？」

「ほうじゃのぉ、ほんならまず下津井《しもつい》のタコのぶつ切り、ママカリの刺身、岡山と言えばの鰆《さわら》の塩たたき、黄ニラの刺身、桃太郎トマトのスライス、ヨメナカセの湯引きポン酢といきましょうか」

ぬらりひょんがそう言って、そのとおり注文する。

「飲みもんは、わしはいつものを。『鬼神』を冷やで」

「あ、俺は『吉備津彦命《きびつひこのみこと》』でお願いします」

「岡山の地ビールか……。それもいいけど、僕は岡山総社《そうじゃ》産の白桃のリキュールを二つ」

「わたくしは、『阿曽媛《あそひめ》』を。冷やで」

鬼神も阿曽媛も岡山の地酒——日本酒だ。

接客担当の奥さんが「かしこまりました」と元気よく言って戻っていく。僕は眉を寄せて、太常をにらみつけた。

「おい、お前運転……」

「神が一杯や二杯で酔うとでも？　三日三晩呑んでようやくという酒量なのは、身をもって知られたはずですが」

「いや、酔うかどうかって話じゃなくて」

「あ、コンプライアンス的なお話ですか？　神に法律が適用されるとは思いませんが」

「今、お前は『鴨方さん』してるじゃないか。人間のふりをするなら、人間の法に従えよ」

「では帰りは車には乗らず、空間を繋ぎましょう。それならよろしいですか？」

「…………」

つまり、どうしても呑みたいのか。

僕はそっと肩をすくめて、あらためてぬらりひょんを見た。

「ママカリってアレだろ？　『御飯《ママ》を借りに行くほど美味しい』っていう、魚の酢漬け」

「……少し違うのぉ」

「ニアピンです。マキちゃん」

「えっ⁉　ち、違うのか⁉」

マジでそういう認識だったんだけど⁉

「ママカリは料理名じゃなくて、魚自体の名前なんですよ」

「あ、そうなんだ⁉　小魚を酢漬けにした料理をママカリと言うもんだとばかり……」

「まぁ、東京で『ママカリ』の名で売ってるのは、たしかに酢漬けばかりでしょうけどね」

へぇ、そうなのか。

「なんか、めちゃくちゃ楽しみになってきたな」

その地方独特の――東京にはない色を知れるのは、面白い。

そもそも、僕が知らない日本を、そして世界を知りたくて、旅行会社を選んで就職したんだよな。入社する前に倒産したけど。

「…………」

かつて、太常は言った。

『ここ備中は、日の本の陰陽道の祖――吉備真備《きびのまきび》を生んだ土地。その末裔《まつえい》である賀茂忠行《かものただゆき》、その息子であり、安倍晴明の師でもある賀茂保憲《やすのり》もこの地で修業を積みました。この地は、陰陽道に携わる者の聖地とも呼べる場所』

安倍晴明は、霊験あらたかな岡山の地に、己の原点とも言える阿部山に、国の礎《いしずえ》として、国を守る結界として、十二天将をはじめ最強の布陣を敷いた。それが、あの幽世の屋敷だ。

神やあやかしについてももちろんだけど、この土地についても僕はもっと知るべきだな。名物料理一つ、知らないなんて。

そんなことを考えていると、注文したものが運ばれてくる。

「お～っ！」

思わず、感嘆の声が漏れてしまう。器も盛りつけも、ひどく美しい。

「ほんなら、まずは乾杯しましょうかのぉ」

「あ、ちょっと待って。――華」

傍らに置いたボディバッグをトントンと優しく叩く。

「出ておいで。――ああ、人に見せようとしなくていいよ。そのままでいいから」

小声でそう言うと、華がふわりと姿を現す。

その小さな身体を抱き留めて、僕はにっこりと笑った。

「ヌシさま、よいのか？　我は本体の中で待機でもよかったのだぞ？」

「でも、せっかくだからさ。僕と太常の間に座っていれば、太常が壁になってあっちからは
そうそう見えないから」

華の姿は見えなくても、華が触って動かす箸《はし》やグラスは見えるからな。注意が必要だけど、
ここなら大丈夫だろう。

隣に座らせて、その目の前に白桃のリキュールを差し出す。

「飲みたいだろ？　華の好きな甘いお酒だから」

「……うむ」

華が嬉しそうに頬を染め、それを受け取る。――可愛い。

「……幼女にお酒を飲ませるのはよいのですか？」

「華はあやかしだから」

太常がなんだか不満そうに眉を寄せたけれど、それは無視する。

「では、あらためまして」

それぞれ飲みものを軽く持ち上げて、乾杯する。

甘いお酒で喉を潤《うるお》して――僕は卓の上に並ぶ料理を見回した。

朔が、ピンク色の岩塩プレートに乗ったトマトと黄色いニラを小皿に取り分けてくれる。

「桃太郎トマトはゼリーになってるから知ってるんだけど、食べるのははじめてだな……って、薄っ！　えっ⁉　薄っ！」

まずは一切れと、箸をつけてみて驚く。切れ目がよく見えてなかったんだけど、居酒屋で普通に出てくるスライストマトの三分の一ほどの厚さしかない。

「向こうが透《す》けてるじゃん……」

「まぁまぁ、食べてみられえ」

ぬらりひょんに言われるまま、一切れ口に入れて――さらに驚く。

「……！　うっま！　ちょ、ちょっと待て。この薄さで、なんて味の濃厚さだよ……！」

「そうじゃろう？」

ぬらりひょんが嬉しそうに何度も頷いて、ひどく誇らしげに胸を張る。

「桃太郎トマトの美味しさは言うまでもありゃあせんが、完熟したトマトをここまで薄う切る大将の腕もまた素晴らしいもんじゃ。さぁ、黄ニラの刺身もどうぞ。明治期から岡山での生産が本格化し、今や生産量全国一位！　全体の七割が岡山県産なんじゃけぇ！」

「……ニラって刺身で食えるもんだっけ？」

ぬらりひょんの熱いプレゼンを聞きながら、恐々《こわごわ》箸を伸ばす。

「あ、甘くて美味しい。ニラ特有のクセはほんのりあるけど、逆にそれがいいアクセントになってる感じ。シャキシャキ食感もいい。僕、これ好きだな」

「おお、そりゃ嬉しいのぉ。黄ニラは大半を県内で消費してしまうもんじゃけぇ、なかなかほかの土地じゃあ手に入らんと聞く、知らん人も多い食材なんじゃ」

僕の反応にぬらりひょんが満足げに頷いて、手を上げて奥さんを呼ぶ。

「千屋牛のステーキにヨメナカセの唐揚げ、牛窓マッシュルームのフライ。そうめん南瓜《かぼちゃ》の天ぷらを。ああ、ママカリの天ぷらも」

え？　めっちゃ頼むじゃん。

「ちょ、ちょっと待て、ぬらりひょん。太常はもの食べないんだから、加減してくれよ？　頼んでおいて残すのは嫌いなんだ」

　奥さんが戻っていくのを確認して、慌てて釘を刺す。――遅かったかもしれないけれど。

「ああ、心配いりません。一品一品の量はそねぇ多くないけぇ。その分お安いじゃろう？」

「それならいいんだけど……」

「テイクアウトもしとりますけん、余ったら持ち帰ることもできますけぇ、ご安心を」

「……詳しいな」

「そりゃ、もう！　惚《ほ》れ込んどるけぇのぉ！」

　ぬらりひょんがニィッと笑う。

　どこか得意げな――ひどく嬉しそうな邪気のない笑顔に、そして気を許してくれたのか、どんどん砕けてゆく口調に、僕もつられて微笑《ほほえ》んだ。

「そんな感じだ。でなきゃ、三十年も通わないよな」

「そのとおりじゃ。主どの。寿命は長くとも移り気で飽き性なあやかしにとって、三十年は伊達《だて》じゃありゃあせんで。――ささ、こっちも。ママカリは美味いど」

　皿が空《から》になったらすぐに引いて、サッとテーブルを拭いて、すかさず次を目の前に出す。実に甲斐甲斐《かいがい》しく世話してくれる。あやかしに接待してもらったのははじめてだな。

でも、僕をもてなすためというよりは、大将の料理を食べてほしくてしかたないといった感じだ。どんどん食べてほしいから、箸を止めさせないようにお世話に徹していると。

「………」

カウンターの奥で黙々と作業をしている大将を見る。

もしかして――？

「主どの、はじめてのママカリはどねぇな？」

ふと考え込んだ僕に、ぬらりひょんがすかさず声をかけてくる。

まるで、食事に集中してくれと言わんばかりだ。僕は苦笑して、彼に視線を戻した。

「美味しい。この魚を刺身にする技術がすごいよな。こんなに小さいのに、綺麗に開いて、小骨も完璧に取り除いて」

「そうじゃろう？　そうじゃろう？」

「なぁ、そうめん南瓜ってなんだ？　さっきの注文で気になったんだけど」

「火を通すと、そうめんみたいになる南瓜じゃ」

「そうめんみたいに？　ええと……？」

全然想像がつかないんだけど。

思わず眉を寄せると、朔ペディアがすかさず補足説明してくれる。――便利だな。

「かぼちゃっていうより、瓜ですね。輪切りにして茹《ゆ》でると、果肉部分が……そうですねぇ、じゃがいもの千切りみたいな感じになるんですよ。細かい繊維《せんい》にほぐれるって言うか」

「へぇ！　面白いな」

「ちょうど今ぐらいから夏終わりごろまでが旬《しゅん》ですね。かなりあっさりしてるんで、夏場は茹でて水に晒してほぐしたものを、本当にそうめんのようにつゆにつけて食べたりしますね。美味しいですよ」

「……お前はなんでも知ってるな」

「そんな大層なもんじゃありませんよ。あやかしに関することと、この地方に関すること、あとは女の子に関することは、マキちゃんより少し詳しいってだけです」

ニカッと笑って、カウンターのほうに声をかける。

「すみませ～ん！　桃太郎ハイボールください！」

「え？　桃太郎ハイボール？」

「岡山のご当地ハイボールっすよ。桃のシロップが入った角ハイです」

「え、何それ。美味そう」

「美味いっすよ。頼みます？　あ、華姐《ねえ》さんはワインとかどうっすか？　マスカット・オブ・アレキサンドリアの甘口ワインとかありますよ」

「ほう？」

頼んだ酒とともに、料理がやって来る。

「う、うわ～っ！」

鉄板の上でじゅうじゅういっているステーキの絵力《えぢから》は半端ない。美味そうっ！

「すみません、桃太郎ハイボールもう一杯と、マスカット・オブ・アレキサンドリアの甘口ワインをグラスで」

「はい」

「阿曽媛も、冷やでもう一杯」

太常もしれっと追加注文。――そうか、気に入ったのか。

「さぁさぁ、どうぞ。岡山が誇る和牛じゃあ」

ぬらりひょんに勧められて、千屋牛のステーキをパクリ。

瞬間、滝のような肉汁が溢れて、喉の奥へと流れ込んでゆく。肉質はひどく柔らかくて、月並みな表現だけれど、まさに『口の中で溶ける』だ。

「ここ週一で通うわ……」

あまりの美味しさにしみじみ言うと、太常が嫌そうに眉を寄せる。

「何を言ってるんです。そんな時間がどこにあるんですか？」

「空間を繋ぎゃいいだろ？　っていうか、行きもそうすりゃよかったんだよ。そうすれば、移動時間はゼロなんだから」

「どこに人の目があるかわからないのにですか？　屋敷へ戻るのは、どこから繋げようとも出た先で目撃されることはございませんが、逆はそうではありません」

行き先の状況も考えずに下手なところに繋げたら、衆人環視の中にテレポートすることになっちゃうってことだろ？　わかってるけど。

「じゃあ、月四で我慢するわ」

「月四回はほぼ週一です！」

チッ……。引っ掛からなかったか。

「虐げりゃ仕事をするなんて思うなよ？　こういうご褒美《ほうび》も必要だって」

「思わずご褒美を差し上げたくなるぐらいの働きをしてから言ってくださいよ」

そうピシャリと言って、太常がそっぽを向く。完全にけんもほろろってやつだ。

「お気に召していただけましたか？」

酒の追加注文を運んできた奥さんが、料理の美味しさに身悶《みもだ》えしている僕を見て微笑む。

「はい！　めちゃくちゃ美味しいです！」

「それはよかったです。岡山ははじめてですか？」

「いえ、何回か来てるんですけど、地のものをちゃんと食べたのははじめてですね」

スイーツとフルーツだけはチェックしてたんだけど。

「もっと早く教えてもらえばよかったなって思います。珍しいものがいっぱいで、まだまだ食べたいものもたくさんあるし、また来させてもらいますね」

「まぁ、ありがとうございます。ですが、実は今月末に閉じる予定でして」

「え……？」

思いがけない言葉に、目を見開く。

「そうなんですか？」

「ええ、もうこの年齢ですからね。主人も私もなかなか身体がついて来なくて……」

空いた皿を引きながら、奥さんが申し訳なさそうに苦笑する。

「主人は、年明けにちょっと大きな病気もしまして……」

「えっ⁉　だ、大丈夫ですか？」

「ええ、病気のほうはもうすっかり」

その答えにホッとする。そっか、よかった……。

「でも、手術やら入院やらで体力が落ちてしまって……。このあたりかなということで」

「そう、だったんですね……」

そうか、と思う。そういうことだったのか……。

「ですが、月末までは無休でやっておりますので、よろしければまたおいでくださいませ。精いっぱいおもてなしさせていただきます」

黙ってしまった僕に、奥さんが少し慌てた様子で笑顔を作って、カウンターに戻ってゆく。

その小さな背中を見送って、僕はそっとため息をついた。

「……それは駄目だ。ぬらりひょん」

「ほ……？」

ぬらりひょんがポカンと口を開く。

「それは、駄目だよ」

「主どの……？　何を……」

ようやく、すべての点が線で繋がった。

「お前の気持ちはよくわかった。でも——それだけは駄目だ」

「あの、じじいにはなんのことだか……」

もごもご言いながら首を捻るぬらりひょんを目で制して、僕はそれを告げた。

「お前があやかしにしたいと思った相手は、大将と奥さんだろう？」

「ッ——！」

ぬらりひょんが虚を突かれたように黙り込む。

朔も華も目を見開いて、そんな彼を見つめた。

「え……？　あ！　この店がなくなってほしくないから？」

朔がびっくり眼《まなこ》のまま、ポンと手を叩く。

僕は首を横に振った。

「その言い方だと、ぬらりひょんが自分のためにそうしようと思ったように聞こえる」

それは違う。――そうじゃない。

「ぬらりひょんは、大将と奥さんに店を続けさせてやりたかったんだ」

その言葉に、ぬらりひょんが静かに目を伏せる。

沈黙は――肯定だ。

「え……？　人間の、ために……？」

そんなぬらりひょんの様子に、朔がさらに唖然として口を開ける。

「え？　ま、待ってくださいよ。あやかしにすることが人間のためになるわけないじゃないですか。そんなわけ……」

「だけど、そうじゃなきゃつじつまが合わない」

その言葉を途中で遮《さえぎ》って、きっぱりと言う。

「僕は、お前や太常に教わったことはちゃんと覚えてる。だから、粋呑と一貫小僧から話を聞いた時に、少し違和感があったんだよな」

「え？　何か変でしたか？」

「考えてもみろよ。人間をあやかしに変えるなんて、容易《たやす》くできると思うか？　太常ですら、そんな話は聞いたことがないと言うレベルのことだぞ？」

「ええ、まぁ、そうですね？」

「ってことは、ぬらりひょんはそういう能力を有しているわけじゃない」

能力もなく、方法もわからないから、必死に探していたんだ。

まだピンとこないのか、朔が眉間にしわを寄せる。

「ええと？」

「お前、僕になんて言った？　あやかしの町に現れた汚泥のバケモノを魂が穢《けが》れてしまったモノだって説明したよな？　消える恐怖から心が闇に染まってしまったり、消えまいとするあまり禁忌に手を出して、自らのアイデンティティを壊してしまったんだって」

「え？　ああ、はい」

「あやかしの理《ことわり》は拘束力が強い。『仙狸』は『仙狸』であることから外れてはいけないと、それは絶対に侵してはならないのだと聞いた」

たとえば『すねこすり』が――人を転ばせるだけのあやかしが人を食ったりすれば、『すねこすり』としてのアイデンティティが崩壊してしまうのだと。

消えないために――自分の存在をより強固にするため、もっと人に認識してもらいたい。恐怖してもらいたい。その一心だったとしても、理は絶対に守らなくてはいけない。

その一線を越えてしまえば――。

「魂が変じ、穢れる。あれらは、そのなれの果てなんだと」

「は、はい、言いました」

「だったら、ぬらりひょんは？」

目を伏せ、じっと黙ったままぬらりひょんをまっすぐに見つめる。

「のらりくらりとつかみどころがないモノ――それだけのあやかしなんだろ？　あやかしの総大将ならもしかしてと思ったけど、それは後世の創作だって言うし」

だとしたら――？

「人間をあやかしにしたりすれば、間違いなく理に触れる」

「あっ……！　そうか……！」

「そんなことをすれば、ぬらりひょんはぬらりひょんであることから外れる。魂が穢れる。自分の小さな欲望のために、そんなことをすると思うか？」

ただ、お気に入りの店を失くしたくないために？

そんなわけはない。

知能の低いあやかしならそこまで考えずに一線を越えてしまうことはあるかもしれない。でも、山陽地方のヌシだぞ？　それほど愚かなものか。

結果を知ったうえでそれを成そうとしているなら、それは自殺と一緒なんだから。

「だったら、ぬらりひょんにとって、命を懸けてでも成し遂げたいことのはずなんだ」

それなのに、粋呑と一貫小僧は、誰をあやかしにしようとしているかも、どうしてそれをしようとしているかも、何もわからないと。

そこに、違和感があった。

主がその命を懸けて成し遂げようとしていることだぞ？　人間をあやかしにしようとしていることには気づいたのに、対象が誰かも、理由についても、何もわからないって？

だから、粋呑と一貫小僧は、何かを隠してるんじゃないかと思った。

それが確信に変わったのは、車の中でだ。

こちらに来る道中、『ぬらりひょんが悪事を働くつもりだったら』という話題になった時、一貫小僧は思わず、『主に悪事を働くつもりはない』と弁護してしまっていた。

おそらく、主の心証を悪くしたくなくて。

「お前も、それは気づいてたよな？　太常」

一瞬眉をひそめて、バックミラー越しに一貫小僧を見てたもんな。

そう言うと、太常が小さく息をついて、首を縦に振る。

「ええ。詳細はわからないと言いながら、そこは言い切るのかと思いましたね」

「そう、そのとおり。そこで何かを隠していることは確定した。わからなかったのは、何を隠しているかだ」

今考えれば、『ぬらりひょんが人間をあやかしにしようとしている。止めてほしい』と、人間の僕に頼みに来たことも、図らずもフェイクの一つになってしまっていたんだよな。

人間の僕と、人間贔屓の十二天将にお願いするんだから、あやかしにされてしまいそうな人間を助けるためだと思うじゃないか。

でも、違う。粋呑と一貫小僧は、主を——ぬらりひょんを助けるために行動していたんだ。

人間をあやかしにしてしまったら、ぬらりひょんは無事ではいられないから。

「なぜ、粋呑と一貫小僧は詳細を隠したんですかね？　こういう理由なら、話してくれてもよかったような気がするんですけど」

「僕が——阿部のあたりの主が、あやかしのために動くかどうかがわからなかったからだろ。わからないと言っておけば、とりあえず人間を助けようとはしてくれるだろうから」

朔が小さく「……なるほど。さすが」と唸る。

「そんなこんなで、いろいろなことが噛み合ってなくて混乱したけど、僕の考えは間違っていないはずだ」

僕は、俯《うつむ》いたままのぬらりひょんをまっすぐ見据えた。

「そうだろう？　ぬらりひょん」

一貫小僧がガタガタ震えていたのも当然だ。そりゃ、怖いよ。怖くないわけがない。命を懸けて何かを成し遂げようとしている主の邪魔をするんだから。

それでも、彼らは動いた。

阿部のあたりの主という大きな存在を騙《だま》すことになろうと、心を預けた主を裏切ることになろうと、ぬらりひょんを守るために――。

「……ほんっまに」

ぬらりひょんが、観念した様子で息をつく。

その様子に太常がクスっと笑って、日本酒のグラスを傾けた。

「怖いでしょう？　わたくしどもの主さまは。ほんの少し話しただけで、あなたの内側まで丸裸にしてしまうのですから」

「……ほんまに。よもやよもやじゃの」

ため息をつきながらそう言って、参ったとばかりに両手を上げる。

「降参じゃ。わしに関しちゃ、おおむねそのとおりじゃ」

全面的に認めたぬらりひょんに、朔が信じられないとばかりに首を横に振った。

「本当に、人間のために……？　ぬらりひょんほどのあやかしが……？」

「店がこれからも続くことが目的だったら、自分の命を投げ出したら意味がないじゃないか。

結局、この店の料理を食べられなくなるんだぞ？」

そうじゃない。ぬらりひょんは、あくまで大将に店を続けさせてあげたいんだ。

「はじめての僕に対してすら、思わず悔しさを滲《にじ》ませてしまうぐらいだ。ぬらりひょんは、常連のよしみでもっとご夫婦の未練に触れてるんだよ。そうだろ？」

この店を――そしてそれ以上に、この店を営む大将と奥さんを、深く愛していたから。

もっと続けていたかったという二人の願いを、どうしても叶《かな》えてやりたかったんだ。

「……そのとおりじゃ」

ぬらりひょんがやりきれないといった様子でため息をつく。

「人間は、儚《はかな》い……」

そして太常を見つめると、苦しげに顔を歪めた。

「安倍晴明殿が生きとればと思うたことはないかの？」

「っ……」

瞬間、太常の目に動揺が走ったのを、僕は見逃さなかった。

見逃せ——なかった。

ぬらりひょんもそれに気づいたのだろう。小さく苦笑して、目を伏せる。

「いや、愚問じゃったのぉ。思わんはずがない。あれほどの人物はほかにおらん。それこそ、千年に一度の逸材《いつざい》じゃろうのぉ。ことあるごとに、思われたはずじゃ」

「…………」

太常が沈黙する。

僕は思わず膝の上で拳を握った。

安倍晴明が生きていれば——。

本当にそのとおりだと思う。千年もの間、太常はたった一人であの屋敷を——日本の礎を守ってきたんだ。

次なる主も見つからず、土地の持ち主すら二度も失って、未曽有《みぞう》の危機に見舞われながら、思わないわけがないんだ。

そして、千年ぶりにようやく見つけた主は、安倍晴明には及びもつかない——あやかしを視認することすらできない超凡人の僕だったしな。

「付喪神のあなたも、持ち主にもっと生きていてもらいたいと思ったことは、一度や二度の話ではないじゃろう？　別れはとてもつらいもんじゃ」

太常と僕が黙ると同時に、急に自分に話が回ってきて、華がビクッと身を震わせる。

「っ……我は……」

「わしものぉ、そう願ってしもうたんじゃ」

「……人間でなくなれば——あやかしになれば、もっと在り続けられる。店も続けられる。そう言いたいんだろ？」

「そのとおりじゃ。病などに身体を蝕《むしば》まれることもありゃあせん。もちろん、あやかしにはあやかしの不自由があるけどの」

ぬらりひょんが笑って、軽く両手を広げてみせる。まるで『どうだ』と言わんばかりだ。

「じゃがのぉ、それがなんなんかのぉ？　好きなことを諦《あきら》めることなく、ずっと続けとれる。こんなすばらしいことがありますかのぉ」

「たしかに、そこだけ切り取れば素晴らしいかもな？　——でも、駄目だ」

それは、大将と奥さんを幸せにする方法では、絶対にない。

僕はぬらりひょんをにらみつけ、きっぱりと言った。

「それだけは駄目だ。看過できない。どんな手を使ってでも、止めてみせる」

「なんでなら？　わしぁのぉ……」

　どうして反対するかわからないといった様子で、ぬらりひょんが眉を寄せる。

　その言を遮って、僕はさらにピシャリと言った。

「大将が、あやかしになってでも店を続けたいと言ったのか？」

「……！　そりゃあ……」

「三十年来の友を犠牲にしてでも、店を続けたいと言ったのかよ」

「いや、じゃが……え？　と、友……？」

「そこに引っ掛かったのかよ？　友であってるだろ？　大将も奥さんも、お前には心の内を話してくれるんだから」

　思いもしなかったと言わんばかりの表情で、ぬらりひょんが黙る。

　僕はそんな彼を見つめたまま、ずいっと身を乗り出した。

「いいか？　ぬらりひょん。誰かのために何かをしたいと思うなら、選ぶべきは、『一緒に幸せになれる』道だ。それ以外にない。そうじゃなきゃ駄目なんだ」

「……？　一緒、に……？」

「そうだ。お前という大切な存在を犠牲にして、大将や奥さんが幸せになれると思うのか？　笑って店を続けられると思うのか？」

大将と奥さんが、そんな薄情だと思うのか？

そんなわけないだろう！

「ふざけんな！　人間《ぼくたち》を侮辱《ぶじょく》するなよ！」

あえて大きな声で叫んで、ドンと卓を叩く。

もちろん、ほかに客がいないのを確認してからだ。まだ早い時間でよかった。

「あ、あの、何かございましたか……？」

びっくりした奥さんが、小走りで駆け寄ってくる。

ビクッと身を震わせたぬらりひょんをにらみつけつつ、すぐさまチクる。

「瀬戸さんが、あまりにも馬鹿なことを言うので」

「っ……あ……」

慌てたぬらりひょんが僕を止めようとしたものの、まさか奥さんの前で『主どの』と呼ぶわけにもいかない。中途半端に手を差し出したまま、固まってしまう。

その隙に、さらに言いつけてやる。

「瀬戸さん、自分が身代わりになれたらいいのにみたいなことばかり言うんですよ。それは違うって言ってるのに、何度も何度も」

言いながら、こっそりと後ろから手を回して、太常のスーツをつんつんと引っ張る。

ぬらりひょんを止めるために自分から巻き込んでおいてなんだけど、僕は嘘が下手だから、接客のプロである奥さんを最後まで騙し切れる自信はない。上手いお前が補足してくれ。

その意図を一瞬で理解したのだろう。太常が「まぁまぁ、落ち着いて」と僕の背を叩いて、奥さんを見上げて申し訳なさそうに笑った。

「今月末に閉店されてしまうことが、寂しくて、悲しくて、つらくて仕方がないのでしょう。この年齢になってもまだあり余っている体力をお二人にわけて差し上げたいと、身体を交換できたらいいのに、病気も何もかも自分が引き受けるから運命を入れ替えられたらいいのと、そんなことばかり仰っていたので……」

「まぁ……！」

「お酒も入っていますし、私などは老人特有の愚痴《ぐち》だと軽く聞き流していたのですが、彼は瀬戸さんが大好きなもので、聞いていられなくなってしまったようです。お騒がせしましてすみません」

「いえいえ、まぁ……そうでしたか」

奥さんがホッとしたように微笑む。

「でも、僕、絶対に間違ってませんから！」

僕もまた、僕の狙いどおりに太常が動いてくれたことに安堵しながら、頬を膨らませた。

「どれだけ店を続けたくても、友人やお客さんを身代わりにするのは違う。大将も奥さんもそう言うはずです！」

「瀬戸さんだって、それはわかっていますよ。実際には、体力を分け与えることも、身体を交換することも、運命を入れ替えることもできないじゃないですか」

「できないからいいってことじゃないだろ？　できたらやっちゃうのかよ？」

どうしていいかわからずフリーズしてしまっているぬらりひょんを、にらみつける。

「瀬戸さんのことを思うモノたちのことも考えろよ！」

粋呑や一貫小僧のことも、少しは考えてやってくれ。

いったいどれだけの覚悟でもって、僕のところに来たか。

山陽地方のヌシだって言うなら、ぬらりひょんを慕っているモノはもっとたくさんいるのだろう。頼むから、そのモノたちの思いを無視しないでくれ。

遺されたモノたちが、どれだけ悲しむことか、苦しむことか！

「そしてその中には、絶対に大将と奥さんも入ってるんだからな！」

僕の剣幕に、ぬらりひょんがグッと言葉を呑み込む。

もう一度「まぁまぁ」と僕をなだめるふりをして、太常が頭を下げる。

「……すみません。今日はやけに絡み酒で。今、静かにさせますので」

「ふふ、でも、そのとおりですよ。瀬戸さんは、この店ができた当初から通ってくださって、公私ともに仲良くさせていただいておりますもの。とても大切な方です。もしも瀬戸さんか店かという選択があったとしたら、わたくしも主人も迷わず瀬戸さんを選びますわ」

「――――！」

思いがけない言葉だったのだろう。ぬらりひょんが目を見開いた。

「えっ⁉　い、いや……しかし……」

「美味しい料理とお酒でおもてなしすることが、そしてお客さまに喜んでいただけることが、わたくしどもの何よりの喜びですから。お客様あっての店です。逆はあり得ません」

店のために、客が在るわけじゃない。

きっぱりと言われて、ぬらりひょんが言葉を失う。

「そこまで惜しんでいただけて、本当に嬉しゅうございます。わたくしどもは幸せ者です」

ぬらりひょんが呆然として、にっこりと笑って頭を下げた奥さんを見つめる。

ほらな？　命を懸けてその願いを叶えたいと望むほど愛した者が、お前を犠牲にして喜ぶ人間であるはずないじゃないか。

万感の思いを込めて、言ってやる。

「ほらみろ、ばーか」

思っているのが、自分だけだと思うな。

お前が思う分だけ、お前も思われているんだ。

一人よがりの自己犠牲は、大事な者を傷つける行為でしかない。

それをしたところで、誰も幸せになんかなれやしないんだ！

「まぁまぁ、酒の席の愚痴なんだしさ、そう怒らないでやってくださいよ。ね？　それより瀬戸のおじいちゃん、腹がいい感じになって来たんでシメに行きたいんですけど？」

思わぬ展開に絶句したまま、ぬらりひょんが俯く。

その瞬間――絶妙なタイミングで朔が割って入って、その肩をポンポンと叩いた。

「え……？　あ、あぁ……この店のえびめしととりめし、地だこと黄ニラのチャーハンは、絶対に食べるべきじゃ……」

「ですってよ、マキちゃん。岡山と言えばのホルモンうどんに蒜山焼そば、黄ニラのちらし寿司なんかもありますけど、どうします？」

メニューを広げながら、朔がパチンとウインクする。

よしよし、いい感じで空気を戻してくれた。こういうところは上手いよな、朔は。

僕はふっと表情を崩して、メニューを覗き込んだ。

「えびめしって？」

「ざっくり言うとソース風味の真っ黒いチャーハンっすね。ドミグラスソースとケチャップ、カラメルソース等をベースにしたソースで絡めて炒《いた》めるんで、ちょっと引くぐらい黒いです。でも見た目に反して味は濃くなくて、美味いんですよ、これが」

「へぇ～」

奥さんを見上げると、僕の怒りが収まってホッとしたのも手伝ってか、実に綺麗な笑顔を向けてくれる。

「うちのえびめしはほかとは少し違い、瀬戸内産ガラエビの殻から取った出汁《だし》でご飯を炊き、ガラエビのむき身と玉ねぎなどの具を炒めて、火が通ったところでそのご飯を入れてサッと混ぜ合わせて、最後に自家製ソースで仕上げております」

「自家製ソース？」

「えびめしソースの基本のドミグラスソースとケチャップとカラメルソースに、瀬戸内産ガラエビの殻から作ったアメリケーヌソースを加えております」

「うわ、何それ、美味しそう……」

本当に地産地消にこだわってるんだな。すごい。

「じゃあ、そのえびめしと地だこと黄ニラのチャーハン、岡山フルーツパフェ、持ち帰りでとりめしのおにぎりを」

「かしこまりました」

奥さんがにこやかに頭を下げ、戻ってゆく。

その後ろ姿を見送って、僕はぬらりひょんをにらみつけた。

「わかったかよ」

「っ……主どの……」

「お前か店かと言われたら、お前を選ぶってはっきり言ってたろ？　お前が理に触れてまで、魂を穢してまで二人をあやかしにしたところで、そんなの嬉しくもなんともないんだよ」

「じゃ、じゃけど……わしはあやかしで……」

そこまで思われていたことが信じられないのだろうか？　なんかよくわからない角度から反論が来る。

「たしかに、まさかお前が人間じゃないなんて、大将も奥さんも思ってないと思う。でも、それはあまり関係ないと思うぞ」

と言うか、重要なのはそこじゃない。

「三十年間──お前がここで育んできた絆《きずな》はそんなやわなもんじゃないよ。人間にとっての三十年は、長いどころの話じゃないぞ。人生八十年の中の三十年。実に三分の一だ」

「っ……」

「たしかに、神さまやお前のような強いあやかしから見たら、人間は儚い存在なんだと思う。でも生が短いからって、僕らは決して可哀想なんかじゃない。人間には人間の生き方がある。なぁ、ぬらりひょん。それを否定しないでほしい」

僕ら人間の想いを、選択を、尊重してほしい。

そのうえで、その生きざまごと愛してほしい。

そして——散りゆくことを惜しんでほしい。

その時が来たら、静かに悼《いた》んでほしい。

それだけでいいんだ。

「僕だって身内を亡くしたばかりだから、遺される者の恐怖も悲しみも痛みも苦しみも——すべてわかるよ。わかるうえで、言ってる」

大事な存在がいなくなってしまう。それが怖くないわけがない。寂しくないわけがない。悲しいし、つらいし、身が引き裂かれんばかりに痛くて、苦しい。

どうにかできるならどうにかしたいという気持ちも、わかるさ。

「だけど、それは相手も同じだ。そして、お前を慕うモノたちも。お前だけじゃないんだよ。みんな怖いんだよ。寂しいんだよ。お前を失ったら悲しいし、つらいし、身が引き裂かれんばかりに痛くて、苦しいんだ」

だから、選ぶのは『一緒に幸せになれる道』じゃなきゃ、意味がない。

自己満足で願いを叶えて、相手を不幸にしたら――本末転倒だろう？

「だから――駄目だよ」

ぬらりひょんをまっすぐ見つめたまま、はっきりと告げる。

大将と奥さんをあやかしにすることは、許さない。

「力ずくでも、止めてみせる」

「…………」

ぬらりひょんが奥歯を噛み締め、俯く。

すぐに「じゃあ、止めます」と言えないことが、彼の決意の固さを物語っていた。

本当に、二人とこの店を愛していたのだろう。

その事実が、嬉しい。人とあやかしは、こんなにも心を通わせることができるんだ。

「…………」

沈黙が全員を包み込む。

静かにぬらりひょんの結論を待っていると、「ヌシさま……」と華が僕の袖を引っ張る。

「ん？　どうした？」

にっこりと笑いかけると、華が今にも泣き出しそうに顔を歪めて、僕に抱きついた。

「華？」

「っ……。たしかに別れは悲しい。とてもつらいものだ。しかし、今までの持ち主たちとの悲しい別れがあってこそ、今のヌシさまと出逢えたのだと思う。だったら……」

細い腕に力がこもる。

「紫都《しづ》とも、志津《しづ》とも、離れたくなかった！　それでも、悲しみがなかったほうがいいとは言えぬ！」

「……！　華……」

僕はその小さな身体をしっかりと抱き締めた。

「そうだな。僕もそう思う」

祖父との――唯一の肉親との別れから、僕は未だに完全には立ち直れていない。

前に華にも話したように、あの家は祖父との思い出がありすぎて、ことあるごとにそれが溢《あふ》れ出して、そのたびにもう祖父はいないのだと思い知らされる。

寂しいし、悲しいし、つらい。今でも引き裂かれんばかりに胸が痛んで、苦しい。

それでも、祖父がこの世を去らなければ、僕が『一坪の土地』を継ぐことはなかった。

華とも、朔とも、太常とも――屋敷の道具たちや神さま、あやかしたちとも出逢うことはなかったんだ。

「すべては繋がってるんだよな……」

だからこそ、一つを捻《ね》じ曲げることは、この先の未来すべてを否定することにもなりかねない。

店をやめたあと、大将と奥さんが人生最大の幸せに出逢うかもしれないじゃないか。

その芽を摘む権利など、誰にもないはずだ。

「そうだろ？　ぬらりひょん」

ぬらりひょんが僕を見、そして華を見つめる。

そしてさらにしばらく逡巡《しゅんじゅん》すると、フッと表情を緩めた。

「……悪さばかりしとったわしが、人に愛してもらえるとは夢にも思うとりませんでした。ましてや、この身を惜しんでもらえるなど……よもやよもや」

しみじみそう言って、胸のあたりを手で押さえる。

「こんな幸せなことがありましょうか」

「ぬらりひょん……」

「弱りましたのぉ。そねぇなこと言われてしもうては」

そして、まっすぐに僕を見つめると、嬉しくてたまらないといった様子で破顔した。

「この身を犠牲にすることなどできんじゃありませんか」

「……うん。それでいいんだよ、ぬらりひょん」

理に触れるような大それたことをしなくても、ともに在るだけで相手を幸せにできるし、自分も幸せになれるんだよ。

それって最強じゃないか。

「説得できてよかったよ。……安心したら、トイレに会いたくなってきた」

「どういう感情なんですか？　それ」

空気をフル無視した僕の発言に、太常が呆れたように眉を寄せる。

僕は華を離すと、その頭を優しく撫でて「ちょっとごめんな？」と席を立った。

「（トイレとの）逢瀬《おうせ》を楽しんできてくださいね」

「そうする。別れも惜しみまくってくるわ」

朔の軽口を雑に受け流して、トイレではなくカウンターへと行く。

「あら、お客さま。どうされましたか？」

僕に気づいた奥さんが、にっこりと笑う。

「あの、さっきはすみませんでした」

「ああ、いいえ、全然」

深々と頭を下げると、奥さんが少し驚いた様子で目を見開いて、首を横に振った。

「大丈夫ですよ、お気になさらず」

「そう言っていただけると助かります」

僕はホッと息をついて――あらためて大将と奥さんを見つめた。

「あの、こんなこと言ったら気分を害されるかもしれませんが、家庭でこちらのお店の味を再現したいんです。素人が家庭でも作れるメニューがあったら、教えていただけませんか？一応、家事歴は長くて、料理はそこそこできるんですけど……」

思いがけない言葉だったのだろうか？　大将と奥さんが顔を見合わせる。

「もちろん急に言われても困ると思います。今日は僕もお酒が入ってますし、後日ご都合のよろしい時に教えていただけたらと……。その、瀬戸さんに作ってあげたくて……」

ぬらりひょんだけじゃない。この岡山の地にいながら、幽世の――そして阿部山の外には出られない神さまや道具たちにも。

「まぁ……」

奥さんが嬉しそうに唇を綻《ほころ》ばせ、両手を握り合わせる。

「もちろんです。気分を害するなんてとんでもない。閉店してからも、そうしてうちの味に親しんでいただけるのはとても嬉しいです。ねぇ？」

奥さんの言葉に、大将も笑顔で頷く。

「……！　ありがとうございます！」

僕は奥さんに連絡先を渡すと、もう一度深々と頭を下げた。

人間の生は短い。

だからこそ、人間は後悔をしないように精いっぱい生きるし、生きているうちに証《あかし》を残し、それを継いでいく。次へと繋いでいく。

寂しくないわけじゃない。

悲しくないわけじゃない。

交わした情が深ければ深いほど、別れは心に大きな傷を残す。

だけど、人間はそういうものだ。

短かろうが、儚かろうが、人間であるということはそういうことなんだ。

だから、愛した者が人間であることを否定するようなことはしないでほしい。

どうか、その生きざまごと愛してほしい。

席に戻ると、太常が僕を見上げて目を細めた。

「おや、早かったですね。主さま。トイレは別れを惜しんでくれなかったのですか？」

「わりと淡白な性格だったみたいだ」

やっぱり雑な返事をして、その隣に座る。

僕の生も、あやかしの朔や、付喪神の華、神さまの太常からしたら、一瞬の灯《ともしび》だろう。いつか必ず、僕はみんなを残して先に逝《い》く。

だからこそ、ともに在るこの時を大切にしたい。

そして、いつの日か。
祖父から受け継いだ土地を
安倍晴明から受け継いだ屋敷を
かけがえのない縁で結ばれたみんなを
次なる者へと託したその時。
みんなが笑顔で語ってくれる存在になれたら。
アイツは面白かったと。
アイツと出逢えてよかったと。
アイツと過ごせて幸せだったと——。

第二話

花は散りぎわ、龍は永久《とわ》

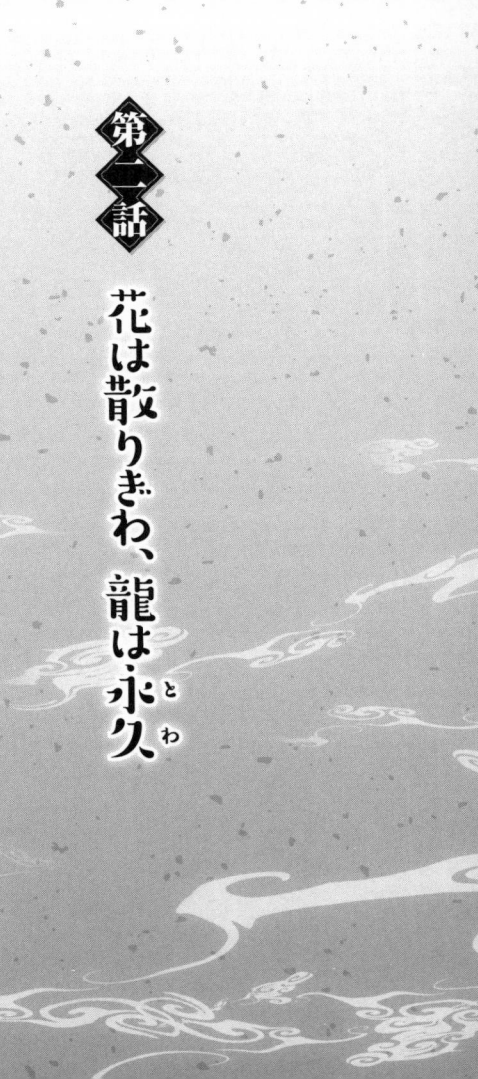

1

「え？　また雨降ってんの？」

おやつを買いに行くべく財布の中身を確認していた僕は、びっくりして顔を上げた。

思わず、スマホでカレンダーを確認する。

ぬらりひょんの一件があってから、一週間。そろそろ季節は、二十四節気で言うところの『夏至《げし》』だ。たしかに、すでに全国的に梅雨入りしている時期だけど。

「またではなく、まだですよ」

太常が扇で口もとを隠して、そっと息をつく。

「は？　まだ？」

「ええ、まだ、です。一度も止《や》んでいませんから」

「一度もって……いつからの話だよ？」

「ぬらりひょんと会う前からですよ。そろそろ三週間になります」

「はぁっ⁉」

三週間、一度も雨が止んでいないって⁉

「え？　それだと梅雨入り前からってことになるじゃん」

「ええ、そうですね」

「そんなことってあるのか？」

いくらなんでも三週間、一度も晴れ間がないなんて。

幽世は僕がいるかぎりピーカン天気だから、全然知らなかった。

「そんなのニュースになってなきゃおかしい気がするけど、見た覚えもないな」

「集中豪雨とかならともかく、ずっとしとしとしとしとといった感じなのですよ。それでも、三週間続けばあちこちの地盤が緩んでおります。岡山県内ではちゃんと報道されて、すでに土砂災害注意報もあちこちで出ていますよ。避難指示が出ているところもあります」

「マジか」

「もちろん、この阿部山《あべさん》の地盤もかなり緩んでおります。普段から酷道と揶揄《やゆ》されるような山道ですから、おやつを買いに行かれるのは控えたほうがよろしいかと」

「は？」

そのとんでもない言葉に、思わず眉を寄せる。

「何？　お前、僕に死ねって言ってんの？」

すると、太常が『主さまこそ、何を仰っているのですか？』という顔をする。

「おやつを食べなかったぐらいで死にゃしませんよ」

「それは、おやつがあくまでおやつの人間の話だろ？　僕はおやつが主食なんだってば！」

こちとら、それだけが楽しみでこの過酷な大家業に日々耐えてんだよ！

「よい機会です、人間らしい食生活を身につけられては？」

「僕が人間らしい食生活をしてないみたいに言うなよ」

毎食デザートまで食べたうえで、がっつり間食までしているだけで、食べてるもの自体は普通だよ。いや、普通どころか、長いことじいちゃんと二人暮らしだったのもあって食事は栄養バランスに優れた和食中心のメニューだぞ。一汁三菜を意識して、油と塩分は控えめに、コレステロールにも気をつけて、野菜と植物性たんぱく質は積極的に摂《と》る。

ただ、それにプラスして甘いものをめちゃくちゃ食ってるだけだ。

「それが普通ではないんですけど……」

「もちろん、糖尿病になる覚悟はちゃんとしてる」

「そっちの覚悟をしてしまうんですか？　砂糖を我慢するほうではなく？」

「いや、だから食わないと死んじゃうんだって」

糖尿病にはならないかもしれないけど、死んじゃったら意味がないだろ？

「どういう身体の構造をしてらっしゃるのでしょうか……」

太常が、まるでバケモノを見るような目を僕に向ける。ほっとけ。

「じゃあ、今日も、東京のほうでおやつを買って持ち込むべきだったな……。失敗した」

僕はガリガリと頭を掻いて、ため息をつきながら階《きざはし》に腰を下ろした。

「それにしても、三週間って……。『晴れの国おかやま』はどこ行ったんだ」

「別に『晴れの国おかやま』は、晴れの日が多いからとつけられた名称ではございませんよ。一年間の日照時間も快晴日数も、岡山は全国一位ではないのです」

「え？　そうだっけ？　ああ、じゃあ雨が少ないんだったか？」

「年間降水量はたしかに少ないほうですね。それでも、全国三位です」

「立派なもんじゃん」

三位じゃ駄目なんでしょうか？　って言いたくなるな。一時期流行ったギャグ。

そう言うと、太常が「それはギャグではないでしょう」とため息をつく。あ、知ってんだ。

「まぁ、それも含まれているのでしょうが、降水量一ミリ未満の日が全国一位なんですよ。それが『晴れの国おかやま』を呼称した理由です」

「つまり、雨が降ってもほんの少しってことか？」

「そのとおりです」

じゃあやっぱり、三週間一度も雨が止まないのは異常も異常なんだな。

「だけど、雨はなぁ……。神さまだからって、どうこうできるもんでもないだろ？」

「ええ、天候を完璧に操れる神などおりません。多少干渉するぐらいならできましょうが」

太常が「それだけに、心配です」と表情を曇らせる。

「岡山の地は、実は雨に弱いのです」

「そうなのか？　……あ、少ししか降らないから？」

「それも一因にあると思います。雨が多い地域のような備えをしていないのです。たとえば、岡山平野の大半は、近世の干拓によって造られたもの。そのため標高が低く、満潮水位より低い〇メートル地帯がとても多いのです」

「あ、そうか」

〇メートル地帯では、排水が難しい。排水が追いつかずに、降った雨が溜まり続ければ、堤防が切れて川が氾濫《はんらん》しなくったって、一帯が水に浸かってしまう。

「岡山では、そういう形の水害が一番多かったりするのです」

「そのうえで、岡山は川も多いもんな」

「ええ。おまけに、主要河川と用水路の構造にもいろいろと問題がございまして」

「そうなのか？」

「専門的な話をし出しますと長くなってしまいますので詳細は省きますが、とにかく岡山は雨が少ないのにもかかわらず、水害被害額は全国六位。雨にとても弱いのでございます」

「なるほどね……」

そんな岡山で、三週間雨が降り続けている。

幸い雨足は強くないみたいだけれど、それでももういつ水害が起きてもおかしくない。

「早く止んでほしいな。心配だし……。僕の作業にも影響が出ちゃうしな」

「はい？」

太常が『何を言ってるんだ』とばかりに眉を寄せる。

「主さまはご自宅から直接幽世の屋敷に来られるのですから、天気は関係ないでしょう？影響など、出るはずが……」

「何言ってんだ！　事実、おやつを買いに行けなくなってんだぞ!?」

めちゃくちゃ影響出てるじゃないか！

瞬間、太常が馬鹿に向ける目をする。

そして、やれやれとばかりに首を振ると、扇で口もとを隠して深いため息をついた。

「……主さまのその砂糖愛は、もう病気だと思うのですが。一度、精密検査をなさることをお勧めいたします」

――だから、ほっとけ！

2

そんな話をした、すぐ翌日。

異変は――起きた。

「はっ……!?」

幽世に入るなり、驚く。

僕は唖然として空を見つめた。

「なんだ、あれ……？」

いつものとおり、雲一つない青空――快晴だ。

だけど、その一部に染みがある。暗い灰色の染みが。

大きさは畳一畳分ぐらいだろうか。見た目は、まるで青空を描いた天井に雨漏りの染みができているみたいな感じだ。空は平面じゃないのに、平面の染みがあるんだ。

そして、そこだけしとしとと雨が降っている。

物理的にありえるはずのない不自然な光景に僕は呆然として、渋い顔をしている太常へと視線を移した。

「なんだよ？　あれは」

「……わかりかねます」

「わかりかねますって……」

「由々《ゆゆ》しき事態ですぞ！　主！」

眉をひそめた瞬間、一番聞きたくない声があたりにビリビリと響き渡る。

僕は弾かれるように、後ろを振り返った。

「せ……」

両脇が縫い合わされていない闕腋《けってき》と呼ばれる黒い袍《ほう》に、緌《おいかけ》のついた巻纓冠《けんえいかん》。矢を美しく扇形に広げて盛った平胡簶《ひらやなぐい》と太刀を腰に帯びた、まるで平安時代の武官のようないでたち。眼光鋭い金色の目にキリリと太い眉。五十歳前後のイケオジに見えるけど、人間ではない証拠に、白銀に輝く髪の間から二本の太く立派な角が生えている。

太常と同じ十二天将の一人、北東を守護する獣――青龍《せいりゅう》。

僕も太常も苦手としている、頭カチカチのガミガミじじいだ。

「青龍……」

奥に引っ込んでてくれていいのに。

「異常事態でございますぞ！　主！」

「……それは、見りゃわかるよ」

いちいちがならないでくれるかな、暑苦しい。

そう思えど、口にはできない。言ったが最後、くどくどと何時間も説教されるから。

やれやれとため息をつくと、その態度も気に入らなかったらしい。青龍が目を吊り上げて「危機感が感じられぬ！」と怒鳴る

「薄ぼんやりとしおって！　主としていかがなものか！　もしかして、何が起きているのか理解できておらぬのですか⁉　なんという阿呆か！」

「すげー悪口言うじゃん……」

もう少し言葉をオブラートに包めませんか？　青龍さん。

僕は再度ため息をついて、青龍にペコリと頭を下げた。

「申し訳ないけど、この阿呆にもわかるように説明してくれないか？」

「なんと！　本当に理解しておらなんだとは！　たまには阿呆を休んでもよいのですぞ！　そうも毎日阿呆をやっていては疲れますでしょうに！」

「マジでめちゃくちゃ言うじゃん……」

こっちが下手に出てりゃ、いい気になりやがってこのやろう……。

でも、我慢だ。一言反論しようものなら、お小言がマジで三百八十倍ぐらいになるから。

あれはしんどい。完全にトラウマになってるもんな。

僕はげんなりしたまま、降参とばかりに両手を上げた。

「ホントごめんて……。もうわかったから……阿呆にもわかるように説明して……」

「説明も何も、この地を覆う力にここも干渉されはじめたのですぞ！」

「は……？」

この地を覆う力――？

思いがけない言葉に、思わず隣を見上げる。

「太常？」

青龍と話をするのが嫌なのか、それまで黙っていた太常が深いため息をつく。

「……雨を降らせていた力があったということですよ」

「雨を、降らせていた……力⁉　えっ⁉　岡山の長雨のことか⁉」

あれが、何者かの仕業だったと――⁉

息を呑む僕に、太常が神妙な顔をして頷く。

「それが現世だけではなく、この幽世まで侵食しはじめたということです」

「ちょ、ちょっと待てよ。天候を完璧に操れる神などおりませんって言ってなかったか？」

「多少干渉するぐらいならできましょうとも申し上げましたが」

三週間も雨を降らせ続けられることが『多少』なのかよ……。

お前らの神さまとしての感覚が、人間の中でも特に平平凡凡な僕に通じると思うなよ。

「じゃあ、何か。ずっと雨を降らせ続けているモノがいるって――？」

「ええ、そのとおりでございます」

太常が大きく頷いて、ぱらりと扇を開く。

「主さまは、龍穴《りゅうけつ》というものをご存じですか？」

「知ってるよ。いわゆるパワースポットだろ？」

龍穴とは神域――陰陽道や古代道教、風水術において繁栄するとされている土地のことだ。

陰陽道的には、主に活断層や川、山の配置などから陰陽的に重要と選定された土地のこと。

風水的には、大地の気が吹き上がる場所のこと。

いろいろと考え方はあるけれど、結局のところパワースポットってことで間違いない。

「力のある場所には自然と信仰が生まれるもの。日本国内のほとんどの大きな龍穴とされる場所には、古社や国における重要な建物などが鎮座しております。有名なところでは……」

「皇居」

たしか、富士山から続く龍脈の最終地点が、皇居だって聞いたことがある。

僕のその答えに、太常が満足げに頷く。

「そのとおりでございます。ほかには、明治神宮《めいじじんぐう》、日光東照宮《にっこうとうしょうぐう》や唐招提寺《とうしょうだいじ》、出雲大社《いずもたいしゃ》なども龍穴とされております。では、日本三大龍穴はご存じですか？」

「え？　えーっと……たしか貴船神社《きふねじんじゃ》の奥宮と……あとどこだっけ？」

「室生龍穴神社《むろうりゅうけつじんじゃ》の奥宮にある妙吉祥龍穴《みょうきっしょうりゅうけつ》、そして備前《びぜん》龍穴です」

「ああ、室生龍穴神社は聞いたことある。結構有名だよな」

でも——。

思わず眉を寄せる。

「備前龍穴？」

聞いたことがない。

「備前ってことは岡山にあるのか？　あれ？　だけど、岡山に龍穴関係の有名な神社なんてあったっけ？　僕が知らないだけか？」

「ええ。この岡山に。ですが、『有名な神社』で脳内検索しても出てこないと思いますよ」

太常が扇で口もとを隠し、意味ありげに目を細める。

「なぜなら、それは現在行方不明でございますので」

「は……？」

「日本三大龍穴の一つ――備前龍穴は、その名前しか伝わっていないのです」

龍穴が、行方不明――!?

「なんでだよ？　大きな龍穴は自然と信仰を集めるもんなんだろ？」

立派な社《やしろ》が建てられて、古くから多くの人に信仰されて、それでなんだって途中で行方がわからなくなるんだよ？

「日本三大に数えられるぐらいなんだ。明治神宮よりも伊勢神宮《いせじんぐう》よりも日光東照宮よりも、凄まじい神域だったんだろ？」

「ええ」

黒と金のオッドアイが、意味深に煌《きら》めく。

「だ、だ、だ、だからこそ隠されたのかもしれません」

僕は息を呑んだ。

「隠された神域……？」

それは、この幽世の屋敷のような？

だとするなら、隠したのは誰だ。

そこには、何がいる――？

「っ……」

「龍穴はかつての龍神の棲処《すみか》という考えもございます。それを示すかのように、貴船神社の御祭神は高龗神《たかおかみのかみ》、室生龍穴神社のそれも高龗神、あるいは善女《ぜんにょ》竜王です。そして岡山には、龍の名のつく山やら池やらが多いのはご存じですか？」

「そうなのか？」

「たとえば、龍王山という名の山は、日本全国に六十三ヵ所、そのうち二十二ヵ所が岡山に集中しております」

「えっ⁉　三分の一も⁉」

「もちろん、『龍王』ではなく『龍』だけを数えますとさらに数は増えますし、山以外――峰や谷、洞窟、川や池なども含めますとかなりの数にのぼります。当然、『龍』の名のつく社や龍神を祀《まつ》る神社もたくさんございます」

そして、日本三大龍穴の一つが存在する――。

実は岡山は、龍の加護のある霊的に優《すぐ》れた地というわけか。

「そして、龍は水を司る神でもあります」

「水……雨か！」

ゴクリと息を呑む。

「この地を守るはずの龍神が、何かをしているのかもしれない？」

「現時点では、わかりかねます。ですが、無関係ということはないでしょう。どちらにしろ、この幽世に影響が表れた以上、放っておくわけにも参りません。──青龍」

パチンと音を立てて扇を閉じ、太常が青龍へと視線を移す。

「空の染みがあれ以上広がらぬように、四獣で呪《まじな》いを」

「──承ろう。阿呆《あるじ》の力不足を補うのも臣下の務め」

苦虫を噛み潰《つぶ》したような表情をしながらも、青龍が素直に頷く。──本当に一言多いな。

太常が「お願いしますよ」と言って、扇でポンと手の平を叩く。

その姿が『鴨方さん』のそれに変わった。

「まずは、何が起きているのかを正確に知る必要がございます。龍神にゆかりのある場所に行ってみましょう。何かがわかるかもしれません」

3

「え？　龍泉寺《りゅうせんじ》？」

「ええ、龍泉寺の龍王池です。岡山県内には、龍神にゆかりのある場所が数えきれないほどございますが、まずはこちらでしょう」

「寺なのかよ」

神社じゃなくて？

「一応、寺と呼称してらっしゃいますね」

「一応？」

「すぐにわかりますよ、ほら、見えてきました」

ハンドルを握る太常が前方を示す。

「あ……」

言うや否や――緑の間に『大最上本山《だいさいじょうほんざん》　御瀧《おんたき》　龍泉寺』と書かれた看板と石造りの鳥居が姿を現す。

「なるほど。神仏習合の名残が残った寺なのか」

太常の言葉の意味を理解して、僕は頷いた。

神仏習合とは、簡単に言うと神道と仏教が融合した信仰のことだ。

もともと神さまを崇《あが》め奉っていたところに仏教が伝来して、神さまも仏さまも人々を導き、救ってくださる尊い存在として一緒にお祀りしていったんだ。

それが、神さまイコール仏さまという考えに発展して、その状態が千年以上続くんだけど、明治維新で新政府により『神仏分離令』が出されて――まぁ、簡単に言うと、神道と仏教、神さまと仏さま、神社と寺院とをはっきり区別しなさいって命令が出されたんだ。

それまでも、一部の地域――藩単位で神仏分離政策っていうのはあったらしいんだけど、国を挙げての政策としてがっつり施行されたのははじめてのことで――千年以上にも亘《わた》って人々の間に根付いていた信仰を無理やり変えさせるわけだから、かなり過激な破壊活動へと発展してしまった例も少なくなくて、寺院や宝塔、仏像、仏具をはじめとする、歴史的にも文化的にも価値の高いたくさんのものが破壊され、失われてしまった。

だから、この政策を『伝統的・自然的に育まれた固有文化や思想に対する、日本の歴史上もっとも野蛮な犯罪行為』とする考えもあるぐらいだ。政府が犯した、犯罪。

神道にも仏教にも属さない土着信仰なんかもかなり禁止された。修験道《しゅげんどう》・陰陽道の廃止も進められて、修験者・陰陽師・世襲神職のような伝統的宗教者もかなりの打撃を受けたとか。

国が近代国家として成長する際、人々の意識を変えさせるため、それまで信じられていた信仰や根付いていた風習を前時代的として排除するのはわりとよくあることらしいけれど、それを太常は、あの屋敷の神さまたちは、どう受け止めていたんだろうって思う。

陰陽道を極めし安倍晴明に、日本の守護を命じられた神さまたちは――。

「おお……。お寺って感じだ……」

鳥居を抜けた先にあった駐車場に車を停めて、外に出る。

手水舎《ちょうずしゃ》で身を清め、拝殿でお参りをして、境内から山道へと入ってゆく。

十分ほど歩いて——それは現れた。

「うわ……！　でっかい！」

豊かな水をたたえた、龍王池に思わず声を上げる。

「もっと小さい池かと思ってた……」

「龍神を祀る池なのにですか？」

「そうだけど、寺の敷地内にあるって聞いたらさ……」

池の向こう側には、赤い鳥居の姿も見える。

曇天の下——深い緑色をした水面に、しとしとと降り続く雨が、数限りもなく波紋を描く。

雨音と風音だけが響く、侵しがたい静謐《せいひつ》がそこにはあった。

「八大龍王《はちだいりゅうおう》を祀っているそうですよ」

「八大龍王？」

「天龍八部衆《てんりゅうはちぶしゅう》はご存じですか？」

「仏教を守護する神さま、だったか？」

「そう。天衆、龍衆、夜叉《やしゃ》衆、乾闥婆《けんだつば》衆、阿修羅《あしゅら》衆、迦楼羅《かるら》衆、緊那羅《きんなら》衆、摩睺羅伽《まごらか》衆です。その龍衆に属する龍族の八王を指します。やはり、仏法を守護するものです。水中に棲《す》み、雨をもたらすとされ、古くから雨乞いの神様として信仰されておりました」

「雨乞い……」

思わず、空を見上げる。

「雨を司る神さまか……」

本当に、人々に恵みを与えるはずの神さまが、何かをしているのだろうか——？

「何かわかるといいな」

「そうですね。とりあえず、このあたりを棲処としているモノに話を……」

太常が、移動するべく僕に背を向けた——その時だった。

なんの前触れもなく、稲妻が天を割り、空気を割いて、池に落ちる。

「なっ……!?」

あたりに響く轟音。

衝撃で地面がグラグラと揺れ、水柱が天高く噴き上がる。

巻き上げられた風が吹き荒れ、木々を大きく揺らし、僕らを嬲《なぶ》り、そして——。

「ッ——！」

宙に舞った大量の水が、僕らへと襲いかかる。

嘘、だろっ……⁉

「主さまっ！」

まるで悲鳴のような太常の叫びが響く。

それが――最後。

大きな水の塊に呑み込まれて、目の前が黒く塗り潰された。

4

黒い龍を見た。

言葉どおり、正しく龍だ。見上げるほど大きな、禍々《まがまが》しい――。とぐろを巻いた長い胴、全身を覆う黒光りする鱗、鋭い鉤爪《かぎづめ》を持つ手足。そして、二本の立派な角。

そして――血のように赫《あか》い不吉な双眸。

黒に黒を塗りたくったような深い闇に身を溶かしている。

「っ……」

圧倒され、一歩後ずさると、片足がバシャンと水たまりを踏む。

慌てて足もとを見るも、暗すぎて何も見えない。ただ、濡れた感触があるだけだ。

「水……」

ハッと息をのむ。そうだ、水――！　僕は止まない雨の謎を解くべく、龍泉寺の龍王池に来たんだった。

「それで……どうしたっけ？」

ここはどこだ？

少なくとも龍泉寺でも龍王池でもない。あたりは闇に閉ざされ、黒い龍以外には何も目に映らないけれど、それでもそれだけは確信を持って言える。

もう六月も半ばだ。吐く息が白むほど、パーカーを着ていてもブルブルと震えるほど寒い場所が、現実の岡山であるはずがない。

それに、目の前の龍は――。

「………」

闇の中から僕へと向けられた赫い双眸を見つめる。

違うと思った。

それは直感だった。

龍王山に飛来し、龍王池に祀られた八大龍王が、こんな禍々しいモノであるはずがない。
こいつは違う。こいつはいったいなんだ――⁉

「っ……わっ……⁉」

思わずさらに後ずさりした瞬間、バシャンと水滴が頬を叩く。続いて、頭にも、肩にも。
雨粒にしては大きい。屋根に溜まった水が滴り落ちているかのようだった。

しかし、上を見ても――やはり何も見えない。

とりあえず龍のいる暗闇から遠ざかりつつ、水滴が当たらない場所に移動しようと考えて、周りを見回した瞬間、ボタボタボタッと――水滴というより水の塊といった量が顔に当たる。

「うわっ⁉」

慌てて拭こうとした時、異臭が鼻を突く。ひどく生臭く、鉄臭い――。ぬるりと頬を滑る感触に、僕はギョッとして目を見開いた。

「は……？」

どうしてだろう？　血だと思った。色なんか見えやしないのに。
それでも、これは血だ。なぜだか、確信があった。間違いない。血だ。
僕は今、光も射さない血が滴る空間にいる。
黒い龍とともに、だ！

「嘘、だろ……？　華！」

胸もとを探るも、何もない。背中に手を回しても、一緒だった。ボディバッグがない。

「華！」

それでも、呼べば来てくれるはずだ。

それなのに、返事がない。応えてくれない。

「ッ……！」

ゾクリと、背中が戦慄《わなな》く。

僕は自身を掻き抱き、視線を巡らせた。

「華！　朔！」

恐怖が震えとなって、足もとからたちのぼってくる。

「っ……！　太常！」

龍の黒光りする鱗と血の色の瞳は見えるのに、それ以外は何一つとして目に映らない。

ただ、闇。ひたすら闇だった。

ふと、いつぞやかに見た夢を思い出す。

そうだ。あの時も、こんなふうに暗闇の中を彷徨《さまよ》った。

だけどその時は、滴り落ちてくる血を浴びることはなかったけれど。

代わりに、あの時は怒りに満ちた叫びを聞いた。

もはや呪いと言ってもいいだろう、狂気じみた絶叫を。

『驕《おご》りし人よ！　必ず報いを受けさせてやるぞ！』

次々と落ちてくる血が、身体を打つ。

僕は服の袖でごしごしと顔を拭って、必死に目を凝らした。

もしかして、これも夢なのだろうか？

でも僕は、太常と一緒に長雨の原因を探るべく動いていたはずだ。眠った覚えなんかない。

だけど、もちろんこんな場所に来た覚えもない。

「龍王池に行ってから……どうしたっけ？」

思い出したいけれど、血の雨が降るうえに、奥に禍々しい龍までいる闇の中にいる状況で落ち着いて考えられるほど、僕は強心臓じゃない。だって、龍だぞ？　龍！

「龍……？」

僕はふと、闇に溶けている龍を見つめた。

龍って、蛇を神格化したものじゃなかったっけ？

ああ、そうだ。たしか天龍八部衆の龍衆も、古代インドの神々を仏教に当てはめて仏教を守る善神としたものだったはず。

「龍は、もとはインドの動物神……蛇神だ」

インドで仏教と融合して、中国で龍と訳されて神格化されたあと、日本に伝来、もともと日本にあった蛇神信仰とさらに融合した。そうだ。だから、日本神話に登場する八岐大蛇《やまたのおろち》も龍だって考え方もあるって……！

かつて闇の中で聞いた呪詛《じゅそ》のごとき絶叫と闇の中の龍が、頭の中で繋がる。

そうだ。十二天将にも蛇がいる。

「騰蛇《とうだ》……？」

僕は息を呑み、あらためて闇の中の龍を見つめた。

「もしかして、騰蛇なのか……？」

一瞬、赫い目が見開かれたように見えたのは、気のせいだろうか？

「騰蛇の象意は、恐怖、死、火、血……っ……」

そうだ、血だ！

「っ……」

降り続ける血は、すでに僕の全身を濡らしている。

「ええと、あとは……鬼火を従え、炎を身に纏う羽の生えた大蛇だって話だったよな？　え？　羽……？」

龍を見るも――あたりを覆う闇が深すぎて、羽が生えているかは確認できない。

「騰蛇……？　騰蛇なら……」

黒い龍を見つめたまま、僕は一歩踏み出した。

しかしその刹那《せつな》、足の裏に感じていた地面が融解する。

「は⁉　うわっ⁉」

そのまま、ドプンと闇に墜落する。

慌ててもがくも、身体は少しも浮上しない。ドンドン沈んでゆく。

「っ……！」

苦しくて、酸素を求めて反射的に開けた口から、なけなしの空気が逃げていってしまう。

闇が口の中に入り込まないよう、僕は両手で口を押さえて固く目を閉じた。

瞬間、意識までが闇に呑み込まれてしまう。

5

――慟哭《どうこく》が聞こえる。

聞いているだけで胸が痛むような、こちらまで苦しくなってしまうような声だ。

どうしたのだろう？　何をそんなに泣き叫んでいるのだろう？

今すぐ駆け寄って、抱き締めてあげたい。

優しく涙を拭って、頭を撫《な》でてあげたい。

「大丈夫だよ」と慰めてあげたい。

「……う……」

どれだけでも、話を聞くから。

何もできないけれど、傍にいるから。

だからどうか、そんなふうに泣かないでほしい。

そんな思いに引きずられるかのように、意識が次第にはっきりしてくる。

「……ってぇ……」

全身が痛む。一度意識が浮上したが最後、もう一秒たりとも寝ていられないほどに。

「なん、だよ……？　これ……」

僕は奥歯を噛み締め、なんとか目蓋をこじ開けた。

「うっ……。ええっ……と、何が……」

何が起こったんだっけ？

たしか、太常と一緒に岡山の長雨の原因を探るべく龍王池に来て……？　いや、違うな。血の雨が降る闇の中に黒い龍がいて……？

「……？」

なんだかぼんやりしてしまっている脳みそを叱咤《しった》しながら周りを見回して――僕は大きく目を見開いた。

「――ッ！」

言葉を、失う。

そこは、青の世界だった。

青く輝く、見渡す限りの水、水、水――。岸辺は見当たらない。三六〇度、目に映るのは青い水平線だけ。

波はなく、水面は静まり返っている。まるで時が止まっているかのように。

「こ、こは……？」

呆然としたまま、視線を落とす。

不思議だった。僕が座っているのは、たしかに水だ。感触も、ちゃんと水だ。冷たいし、中に手を突っ込むこともできる。バチャバチャと掻き混ぜれば、飛沫《しぶき》も飛ぶ。

「それなのに、なんで僕は水の中に落ちないんだ……？」

水が、水なのに、しっかりと僕の身体を支えている。たとえばウォーターベッドのように、体重移動で身体の下の水がボヨンボヨンと動くこともない。まるで、水でできた地面だ。

僕の身体の下にも、ゾッとするほど深い青の世界が広がっていた。

水深は――考えたくもない。湖底？　に向けて、どんどん青の色が濃く、深くなっている。

そのグラデーションも、見つめているだけで魂を抜かれてしまいそうなほど美しい。

「水の中に……なんだ？」

青く輝くものがある。

「そうか……。あの光で、水面が輝いて見えるんだ……」

足もとを確かめたら、今度は頭上だ。何も考えず上を見上げて、僕はさらに息を呑んだ。

最初は、オーロラだと思った。輝く星に彩られた藍色《あいいろ》の夜空に幾重《いくえ》にも重なる、青く輝く光のカーテン。

でも、次第に目が慣れてくるにつれて、ここが外ではないことに気づく。頭上にあるのは空ではなく、カーテン状に折り重なる岩肌だった。

その岩に、輝く水面が反射して、オーロラのように見えている。

輝く星と思ったものも、岩が含む鉱石のようなものが光を受けて煌めいているらしい。

「す、ごい……！」

なんて光景だろう。神々しいまでの幻想世界。

天には青い星が瞬《またた》き、青いオーロラが煌めく。地には青く輝く宝玉が抱いた、どこまでも青く澄み渡る湖。

様々な表情の青が織り成す、青の世界。幻想的で神秘的な——青。

侵しがたく清らかで、震えるほど厳《おごそ》かで、泣きたくなるほど優しく、途方もなく美しい。

「こ、こは……」

ここはなんだろう？　洞窟？　——いや、鍾乳洞《しょうにゅうどう》だろうか？

「地底湖ってことで、いいのか？」

では、あの黒い龍は？　あの黒に黒を塗りたくったような深い闇は？

あれだけ全身を濡らしていた血はまったく——その痕跡《こんせき》すら見当たらなかった。髪も頬も実に綺麗なものだ。

「結局、夢だったのか……？」

本当に？

まだ、肌に生々しい感触が残っているのに？

凄《すさ》まじい血の臭いも、鼻が覚えているのに？

「それとも、今こそ夢を見ているのか……？」

『――夢ではない。幻ではあるが』

「ッ……⁉」

茫然《ぼうぜん》と呟いた瞬間、頭の中に声が響く。

僕はとっさに耳を押さえ、視線を巡らせた。

「――ッ！」

龍がいた。

僕の真後ろに――黒い龍が。もちろん、一瞬前まではいなかった。僕は一人だったのに。

心臓が大きな音を立てて縮み上がる。僕は「うわぁぁっ⁉」と情けない叫び声を上げて、立ち上がった。

「な……な……⁉」

闇の中で見た龍と同じだ。見上げるほど大きい。とぐろを巻いた長い胴に、全身を覆う鱗。

鋭い鉤爪を持つ手足。二本の立派な角。

違うのは、目だ。目の前の龍は、三日月型の瞳孔を持つ金色の目をしている。

そして――。

「…………」

僕はゴクリと息を呑み、パーカーの胸もとを強く握り締めた。

黒い……龍。いや、黒く汚れている龍だ。墨を被ったかのように、真っ黒になっている。

鬣《たてがみ》もべっとりと身体に張りつき、鱗にもまったく光沢がない。触った感触も悪そうだ。

自然そのもののような雄大な姿なのに、ひどく惨《みじ》めで汚らしい印象だ。

それでも――思わず膝をついてしまいそうなほどの威厳に圧倒される。

『阿部のあたりの主よ。我が眷属が手荒にお迎えしたようだ。非礼を詫びる』

再び、重々しく、堂々たる、厳然とした声が、頭の中に直接響く。

耳ではなく、脳で聞いている――ものすごく不思議な感じだ。

直感的に、思う。

目の前の龍は、闇の中で会った龍じゃない。

だって、あの身の毛もよだつ禍々しさがない。

ひどく汚れてはいるけれど、感じるのはたしかな神々《こうごう》しさ。

「っ……」

全身がブルブルと震える。

だけど、それは恐怖からじゃない。さっきまでとは違う。

これは、そう――畏怖だ。

「……龍、神……？」

この場から逃げ出したい衝動を必死に抑えながら、なんとか口を開く。

「龍王池に、祀られてる……八大龍王……じゃ、ないよな？」

その言葉に、龍神が金色の目を細める。――もしかして、笑った？

『あれは人間が作りし物語。吾《あ》とかかわりはない』

「あ、そう……なんだ……」

『そして、ここも龍王池ではない』

「えっ⁉」

予想だにしていなかった言葉に、思わず大きめの声が出てしまう。

僕はポカンと口を開けて、龍神を見上げた。

えっ⁉　龍王池ではない⁉

「で、でも、僕はたしかに、龍泉寺の龍王池に……」

太常と龍王池に来て――それからどうしたっけ？

たしか雷《いかづち》が池に落ちて、水飛沫が柱となって上がって、それが僕らに襲いかかってきた。

正しく『襲いかかってきた』だ。あれは、降りかかってきたなんて生易しいものじゃない。

ああ、そうだ。僕はその水の重さに耐え切れず、そのまま池に落ちたんだった。

「池に落ちて、それから……？」

　そのあたりの記憶がはっきりしない。気がついた時には、血の雨が降る禍々しい闇の中で黒い龍と対峙していた。

「ええと……？」

『……龍王池には、吾が眷属たる神が棲みついておる。あそこは清浄なる地ゆえ』

「眷属の……神？」

『然《しか》り。蛇神で水神だ。水から水へと渡ることなど、造作もない』

「……！」

　水から水へ？

「じゃあ僕は、龍王池からここまでその眷属に連れてこられたってことか……？」

　手荒にお迎えしたって、そういうこと――!?

「じゃあ、ここは……」

　どこまでも広がる地底湖を見回すと、龍神がなんだか不愉快そうに唸る。

『窖《あなぐら》だ。牢獄とでも言おうか。吾はここに囚われている』

「窖って……」

　目の前に広がる青の幻想世界に相応《ふさわ》しくない言葉に、思わず眉を寄せる。

『幻だと言ったであろう。汝《な》の目に映っているのは、幻影だ』

「幻影？」

『吾のかつての棲処の姿だ。もう戻らぬ』

つまり、僕が見ているのは龍神のかつての棲処であって、ここ本来の景色ではないということか。

『吾は棲処を奪われ、ここに打ち棄てられた』

「はっ!?」

そのとんでもない言葉に、絶句する。

おいおい……。相手は龍神だぞ？　棲処を奪うだけでも相当なことだと思うけど、さらにどこぞに放り捨てることのできる存在ってなんだ？

「囚われてって言ってたな。もしかして、閉じ込められている？　ここから出られない？」

『然り』

「でも、眷属は水から水に渡れるんだろ？」

『然り。ここに封じられているのは、吾のみ』

――なるほど。屋敷の神さまたちは、安倍晴明によって屋敷に封じられているから幽世や阿部山から出られないけれど、とくに関係ない朔や華は出入り自由なのと一緒か。

「じゃあ、これは夢じゃないんだな？　現実？」

『汝《な》を謀ることはしない。夢ではない。幻は、この景色だけだ』

「そうか」

だったら、来る。

どんなに遠くにいても、呼べば必ず――届く！

僕はまっすぐ上を見上げて、声を張り上げた。

「太常っ！　僕はここだ！」

刹那、一陣の風が吹き、何もなかったはずの空間から太常と華が姿を現す。

「太常！　華……！」

「ヌシさま！　なぜもっと早く呼ばぬ！」

華がそのまま身体をぶつけるようにして、僕の首に抱きつく。

僕もまた、その小さな身体をしっかりと抱き留めた。

「ああ、ご無事でございましたか……」

もう『鴨方さん』をしていない――いつもの太常が、心底ホッとした様子で息をつく。

いつも憎らしいほど冷静沈着な男が見せた焦りに、少しだけ胸が熱くなる。

「来てくれてありがとうな」

「……冷や冷やさせないでください」

参ったとばかりにそう言って、華の本体が入ったボディバッグを差し出す。

お礼を言って受け取ると、太常はそのままその手で僕の顔をつかんだ。

「うわっ⁉　痛っ……！　いたたたた！」

「寿命が縮んだ分はきっちり取り返しますからね？　覚悟していなさい……！」

「こ、これ以上コキ使うつもりかよ！　ってか、痛いって！　痛い痛い痛い痛いっ！」

殺す気か！　――って、頭蓋骨ミシミシいってるから！　マジで離せ！　離してお願い！

コキ使われて過労死する前に、頭が潰れて死ぬっ！

「……やめんか。見苦しいのぅ」

華がため息をついて、太常の手をペチンと叩く。

「折檻《せっかん》はあとにせよ」

そう言って、目の前の龍神をにらみつけた。

「今はそれどころではあるまいよ」

「……たしかに、そのとおりですね」

やれやれと肩をすくめて、ようやく太常が僕の顔を離す。

僕は華を地面に下ろして、ズキズキと痛む顔を両手で覆った。

『あとにせよ』じゃなくて『やめろ』って言ってほしかったよ、華……。

「──さて」

気を取り直した様子で、太常が扇を取り出す。

そして、幻想的で神秘的な青の世界をぐるりと見回した。

「これぞまさに『ドラゴンブルー』でございますね。幻影とはいえ、美しい……」

「ド、ドラゴンブルー……？」

「岩手にある鍾乳洞──龍泉洞《りゅうせんどう》にある地底湖の輝く青色をドラゴンブルーと呼ぶのですよ。それはそれは美しいのだそうですよ」

そう言って、扇を開いて優雅に口もとを隠す。

「限りなく不純物が少なく透明度の高い水は、光の構成色の中で水に吸収されない青色だけ反射するため青く見えるのだとか。水を司る神の棲処となれば、水が清らかなのは当然です。美しい青の世界になるのも頷けます」

「お前はなんでも知ってるな……」

神さまから『光の構成色』なんて言葉が出てくるとは思わなかった。

「知っているのではなく、勉強しているだけですよ。この国を守るためには、まずこの国を知らねば。主さまと同じです」

「え……？　僕と？」

「神さまのことなどを、ご自分なりに勉強なさっておいでですしょう？　天龍八部衆と聞いて、すぐに答えを口にされた時は、少し驚きました」

その言葉に、小さく肩をすくめる。

それはそのとおりで、屋敷の神さまたちのことを知りたいと思って、実は最近ものすごく勉強してる。安倍晴明と、陰陽道に関することも。

調べれば調べるほど、日本古来の神さまや神話についても、それに基づく独自の文化も、神道・仏教・陰陽道――そのほかの宗教についても、その区別ですら、ぼんやり曖昧《あいまい》にしか知らなかったのだと思い知る。

世界で唯一、古《いにしえ》より単一民族によって治められている国なのに。

八百万の神がいる国の民――脈々とその血を受け継いできたはずなのに。

だけど現代を生きる僕らは、この国を守る神さまのことを、きちんと知らない。

なんだかそれが急に恥ずかしくなってしまって、いまさら勉強しているなんて言えなくて黙ってたんだけど……そうか。バレちゃったか。

「……間違いも多いけどな」

僕が知ることができるのは、あくまでも人間の間で伝えられている説だから。

半分照れ隠しの言葉に、太常が目を細める。

「そんなことは問題ではございません。我らを知るべく、主さまが自ら行動を起こされた。それこそが重要なのです。褒めて差し上げましょう。――とはいえ、お仕置きはお仕置きであとでちゃんとさせていただきますので、どうぞお覚悟を」

「そこは別なのかよ……」

頼むから相殺《そうさい》してくれよ。ため息をつく僕を尻目に、太常は龍神へと視線を向けた。

「ですが、しょせんは幻影」

金と黒のオッドアイが、明らかな怒りに染まる。

「このような穢れた場所に問答無用で連れてくるなど、非礼にもほどがあります。我らが主を軽んじてもらっては困りますね」

ある意味、一番軽んじてるのはお前だけどな。主にアイアンクローって……。だけど、ここで反論しても仕方がない。僕は再度ため息をついて――それから美しすぎる青の世界を見回した。

「穢れた場所……って言ったか？　ここがか？」

「ええ、幻影で美しく見せているだけです。龍神に仕えるモノの仕業でしょう」

太常が頷いて、パチンと音を立てて扇を閉じた。

刹那、幻想的で神秘的な地底湖の景色が消えてなくなる。

まるで停電したかのように、一瞬にしてあたりが闇に包まれた。

「な……⁉」

「大丈夫だ。ヌシさまよ。今、灯かりを用意する」

焦って視線を巡らせた僕に、華が穏やかに言う。

ほぼ同時に、周りに無数の狐火が現れて、あたりを照らし出した。

「――ッ！」

文字どおり、窖だった。

華の狐火がなかったら、一寸先も見えなかっただろう。一筋の光すら射さない、昏《くら》い穴。

地上までの距離も、この窖自体の広ささえもわからない、一切の闇に閉ざされた穴の中。

「っ……」

ゾクッと冷たいものが背中を駆け上がった。

黒い龍がいた、あの血塗られた闇を思い出したからだ。

「ここ、は……？」

「――岡山の地に無数にある鍾乳洞の一つにございます。非礼をどうぞお許しくださいませ。阿部のあたりの主さま」

不意に響いた声に、思わずそちらを見る。

古墳時代のような古風ないでたちの男と女が、膝をついていた。

男のほうは、白絹の上衣《うわぎぬ》に共布の袴。女のほうも、白絹の上衣に浄《きよ》めの裳、そして肩には薄く透ける領巾《ひれ》をかけている。

ともに首に翡翠《ひすい》の管玉《くだたま》と瑠璃の勾玉《まがたま》の頸玉《くびかざり》を下げ、手首に鈴が連なる手珠《たまき》を、足首に足結いの鈴をつけている。

膝あたりまであるクセのない長い髪は、纏《まと》っている白絹よりもさらに神さびて白い。

顔を上げると、その双眸は紅玉のように煌めいていた。

「蛇《かがち》の目だな……。そうか、お前たちが蛇神か。龍神の眷属で水神だっていう……」

「そのとおりでございます、阿部のあたりの主さま。どうぞご無礼をお許しくださいませ。お姿を拝見し、居ても立ってもいられず……」

「どうしてだ」

そう訊くと——意外な言葉だったのだろうか？　蛇神たちが紅い目を見開く。

「え……？」

「居ても立ってもいられなかったのには、理由があるだろう？　それを教えてくれ」

「話を聞いてくださるのですか……？」

「そりゃ、もちろん。そのために、僕を連れてきたんだろう？」

「っ……」

蛇神たちは息を呑み、顔を見合わせると——そのまま勢いよく頭を下げ、再び地面に額を擦りつけた。

「阿部のあたりの主さま！　我らが主を、どうぞお助けくださいませ！」

——うん、まぁ、そんなところだと思った。

何度も言うけど、安倍晴明の次なる主って肩書きが立派なだけで、僕自身には霊的な力は皆無なんだよ。できることって、本当に話をすることぐらい。

ぬらりひょんの一件のように、それが上手く働いた時はいいけれど——。

僕はため息をついて、隣を見上げた。

「……太常」

「……たしかに早急に何かしらの手を打たねば、近く穢れに呑み込まれてしまうでしょう。本来ならば、すでに禍《わざわい》に転じていてもおかしくない——それほどの穢れです」

「禍？」

「小者であれば、穢れたのちは、己の形を保つことができなくなり、溶けて、壊れ、崩れて、あとは消え去るのみです。汚泥のバケモノと一度遭遇しましたでしょう？」

「ああ、うん」

「しかし、このクラスの神ですと、そういうわけには参りません。大きすぎる穢れの塊は、大きな禍を呼びます。水を司る龍神ならば地形を変えるほどの大規模な水害、逆に数千種の生きものを絶滅させてしまうほどの旱魃《かんばつ》など」

「お、おいおい……」

めちゃくちゃ話がでかくなってるんだけど。

「じゃあ、もしかして三週間も止まないこの長雨は……」

「ええ、龍神が大いなる禍となる——その予兆《よちょう》でございましょう」

「っ……！」

僕は思わず蛇神たちを見た。

「どうして、もっと早くに手を打とうとしなかったんだ！」

兆候がこんなにもはっきりとした形で表れてしまうまで——幽世にまで影響が及ぶまで、どうして何もしなかったんだ。

もちろん、僕に何ができるというわけでもない。でも結局助けを求めるのなら、それこそ三週間前に——兆候が表れた時に来てもよかったはずだ。

「なぜ、こんなギリギリになって……！」

「も、申し訳ございません！　わ、我らは……」

『吾が止めた。助けてなどいらぬと』

「は……？」

頭の中に響いた信じられない言葉に僕は目を見開き、龍神を見上げた。

「なぜ……」

『逆に、問おう。阿部のあたりの主よ。なにゆえ、助からねばならない？』

「何を言ってるんだ……」

禍になってもいいと？　僕はムッとして、龍神をにらみつけた。

「自殺願望でもあるのかよ？　それは勝手だけど、迷惑をかけるのはやめてくれ」

『滅びたいわけではない。だが、これ以上人のために生き永らえたくもないのだ』

「人のために？」

自分自身は滅びたくないけれど、人のためには生きていたくないってことか？

「教えてくれ。それはどういうことなんだ？」

僕は金色の目をまっすぐに見つめた。

「龍神のことが知りたい」

その心が知りたい――。

　僕の言葉に、思いに、龍神は目を伏せると、ゆっくりと語り出した。

『吾はかつて人とともにあった。吾の棲処には浄らかな社が建てられ、人は吾を神と尊んだ。だが、人は欲深く、罪深きもの。吾の力を己のものにしたがった』

「……！　龍神の力を？」

『やがて、吾の棲処のある地を我がものとした者が現れた。其《そ》れは、己の一族のためだけに吾の力を欲した』

　浄らかな社が建てられた――龍の棲処？

　何かが、頭の中でカチッとハマる。僕はハッと息を呑んだ。

「もしかして、備前龍穴？　龍神は、備前龍穴の主《ぬし》だったのか？」

　龍神がゆっくりと目蓋を持ち上げる。金色に輝く双眸が僕を見つめた。

『――然り』

　太常が息を呑む。

「強大な神であることはわかっていましたが、まさか……」

『何を言う。吾など十二天将の足もとにも及ばぬ』

　龍神が太常を見、自嘲気味に笑う。

『吾に兄《けい》ほどの力があったなら、かの地を人の好きにはさせなかっただろう』

「……己が力でもって従えるのではなく、神域を制することで神を手に入れたわけですか。それはそれは……」

太常が不愉快そうに眉を寄せる。

「神域を、自分のものにしようと……？」

そんなことがあるのか？

首を捻って——だけどすぐに思い直す。

「そういえば明治神宮がある場所も、明治になって政府に買い上げられる前は、彦根藩主《ひこねはんしゅ》井伊《いい》家の下屋敷だったもんな。だったら、龍穴——神域が誰かのものになっているってのは普通にあり得る話なのか」

「ええ、伊勢神宮のように、神代——古代より変わらず伊勢の地にあり、国によって守られ、歴代天皇によって祀られ、民に広く信仰され続けている宮のほうが稀です」

「そうだよな……。ってか、それを悪いことみたいに言わないでくれ。それの最たるものが僕なんだから」

安倍晴明のように、凄い霊力と卓越した陰陽術でもって神さまたちを従えたのではなく、一坪の土地を受け継いだことで安倍晴明が遺した神さまや道具たちの主となったわけだから。

だから、今の話は少々耳が痛い。

「何を仰いますか。主さまは、立派に己が力で――安倍晴明とは違う才で、神や道具たち、あやかしたちと縁を結んでいらっしゃるではありませんか」

苦い顔をした僕に、太常がにっこりと笑う。

「最初が脅迫による強制だっただけです」

――笑顔で言うことじゃないと思う。

「それが問題なんだと思うけどな」

僕は肩をすくめて、あらためて龍神を見上げた。

「とにかく、備前龍穴がある土地が誰かの所有物になったってことだな。それはいつの話かわかるか？」

『…………』

わからないのか、沈黙してしまった龍神に代わり、蛇神たちが顔を見合わせる。

「我らが生まれて間もなくのことでしたので、新益京《あらましのみやこ》のころと思われます」

「あらましのって……？」

そんな都あったっけと首を捻った僕に、太常が言う。

「藤原宮《ふじわらのみや》のことでございますよ」

「はっ!?」

藤原京⁉

「持統《じとう》天皇のころじゃん！　飛鳥《あすか》時代！　マジか……」

「驚くことではございませんよ。伊勢神宮が伊勢に御鎮座されたのは垂仁《すいじん》天皇のころなので、その三世紀半ほどもあとのことですから」

「そ、そっか……。さらにすさまじい力を持つ龍穴だったことを思えば、当然か……」

「そうして、主の棲処はとある一族に支配され、主は民の神からその一族のためだけの神となってしまいました。崇め奉ることのできない神を民は信仰しません。その一族以外の者は、次第にほかの神に心を寄せ、主を忘れてゆきます。それでも、その一族が脈々と主と龍穴の存在を伝え、継いでゆけばよかったのですが……」

蛇神たちが表情を曇らせ、俯く。

「人は欲深きもの。人の歴は戦《いくさ》の史。奪い、奪われ、地の所有者は移り変わってゆきました。社も幾度となく壊され、燃やされ、打ち捨てられました。龍穴も簒奪者《さんだつしゃ》の手に渡らぬように、入り口を大岩で塞がれ、土で埋められ、隠されました」

「地の所有者の間でも口伝が正常に受け継がれず、民はもちろんのこと、地の所有者ですら、主と龍穴の存在を忘れ去りました。しかしそれだけなら、なんの問題もありませんでした。主は我らのように、人の信仰によって神となった存在ではありませんから」

「ああ、そっか。人から信仰されることによって神となったモノは、信仰されなくなったら神として在れなくなってしまうけど、龍神はそうじゃないから……」

「そのとおりでございます。むしろ人に煩《わずら》わされることなく、静かに暮らすことができる。主にとっては、むしろよきことでございました」

蛇神たちが唇を噛み締め、拳を握り固める。

「あの時、までは……」

ひどく悔しげに身を震わせる二神に、僕は眉を寄せた。

「何があったんだ？」

「――神です！」

蛇神の男神が吐き棄《す》てるように叫んで、縋《すが》るように僕を見つめる。

「強大な神が主の龍玉を奪い、それを穢し、この地に打ち捨てたのでございます！　さらに、龍玉を取り戻すべく追ってきた主を、そのままこの地に封じたのでございます！」

「龍玉？」

チラッと横目で太常を見ると、「如意宝珠のことですね」とすぐに教えてくれる。

「龍が珠を持っている絵をよく見ますでしょう？　あれです」

「ああ、あれか」

「病を治したり、災いを避けたりすることができる、ありとあらゆる願いが叶う神聖な玉と考えられておりますが、あれぞ龍の神力の源なのです」

「神力の源？」

「ええ。それを穢されるのは、力の大半を削り取られるのと同じです」

そう言って、太常が訝《いぶか》しげに眉を寄せる。

「しかし、備前龍穴を棲処としていた龍にそのような真似ができる神など、そうはいないと思いますが……」

「犯人……いや、犯神探しは今はいいだろ。それより今の話だと、その強大な神は、龍神の力ではなく空《から》の龍穴を欲したってことにならないか？」

龍神から龍玉を奪ってそれを穢すことができるなら、龍玉の力を自分のものにすることもできたんじゃないのか？

「穢して捨てるなんて、普通に考えたらもったいなくないか？　龍神の力だぞ？」

「たしかに、それはそうですね」

「その強大な神は、力には興味がなかったってことか？　棲処である龍穴が欲しいがために、龍玉を奪って穢して棄てることで、龍神を弱らせて追い出した。そのうえで封じまでした。もう二度と戻ってこられないように」

「そうかもしれません。日本三大龍穴に数えられながらも、長きに亘って人が触れていない、最後の神域――。神の棲処として、これ以上のものはないでしょうから」

「あるいは、隠れ家としてもな」

意外な言葉だったのか、太常が「隠れ家、でございますか？」と目を瞬く。

「ああ、お前ですら、その位置を把握していない神域だ。お前から隠れるには絶好だろう」

「え……？　わたくしでございますか？」

僕は、まだ不思議そうにしている太常をまっすぐに見つめたまま、頷いた。

「完全な想像でしかない。だけど、僕は真っ先に思った。この龍神から龍玉を奪い、穢し、この窖に棄てることができるだけでも、そこらの神にできることじゃない」

それほどのことができてしまう、岡山の地に所縁がある神といえば？

「それこそ、十二天将のような神でなければ」

「ッ……！」

「まさか……！」

太常が息を呑む。

「十二天将は二神が行方知れずだ。可能性がない話じゃないはずだ」

むしろ、可能性は高いだろう。

龍神の力に微塵も魅力を感じず、あっさりと穢して棄ててしまえる強大な神。

それはつまり、龍神など足もとにも及ばない神ということだ。

それは奇しくも、龍神自身が口にしていたじゃないか。

『吾など十二天将の足もとにも及ばぬ』と——。

「…………」

太常が言葉を失う。

『神の正体はわからぬ。だが、闇に閉ざされた窖に穢れし龍玉とともに閉じ込められ、吾は思わずにはいられなかった。なぜ、このような仕打ちを受けねばならないのか、と』

龍神の声がわずかに震える。

その感情は、怒りだろうか？　それとも悲しみだろうか？

『吾をこのような目にあわせた神を恨《うら》んだ。吾を忘れ果てた人もだ。闇の中で独り、嘆いた。なぜなのかと』

金色の双眸が鋭さを増す。

『さらに月日が経つにつれ、吾を慕ってくれた神たちも、人の信仰を失い、消えていった。いったいなぜなのか。なぜ、そんなことが起こる？』

「……龍神……」

そう思うのは当然だ。

でも、他者を恨む負の感情が降り積もれば、闇は濃さを増し、穢れを深めてしまう。

『吾は時折わからなくなる。神とはなんだ』

龍神が牙を剥き出す。

『真《まこと》に神とは人の上の存在なのだろうか。上《かみ》なのだろうか。本当は違うのではないか？　祀り、崇め奉ることで騙し、人の都合のいいように使っているだけなのではないか？』

「――昔、同じことを言った神がいました」

語気を強める龍神を、太常がまっすぐに見つめる。

「その神は、今も闇の中にいます」

気持ちはわかる。わかるけれど、落ち着いてほしい。

その怨嗟《えんさ》は、自分の身を蝕むだけだから。

それを、よく知っているから。

『…………』

太常のそんな思いが伝わったのだろうか？　龍神が悲しげに目を細める。

そしてしばらくの沈黙のあと、絞り出すような小さな声でポツリと呟いた。

『……吾は疲れた』

「……龍神……」

『阿部のあたりの主よ、このままひっそりと滅びることはできないだろうか』

「ひっそり滅びることができるなら、龍神のその思いを尊重したいと思うよ」

でも、それができないから、こんな事態にまで陥《おちい》ってるんだろう？

「国を揺るがす禍となってしまうなら、悪いけど阻止する」

それだって、人の都合だ。わかってる。

それでも――僕は迷わない。僕の都合を、押し通す。

「たしかに、人は愚かだ。僕も含めて。欲望には勝てない。だから龍神の意思に反しようと、その命――助けてみせる」

その言葉に、蛇神たちがハッと息を呑んだ。

「そんな悲しい思いをしたまま、逝ってほしくないよ。龍神。――これは僕の欲だ」

『汝《な》の、欲……？』

龍神が訝しげに瞳を揺らす。

「さっき太常も言ってたとおり、僕は神さまや宗教、あやかしについて勉強してるんだけど、それをはじめた理由は、安倍晴明が遺した神さまや道具たちの主になったからじゃない」

僕は龍神を見上げて、微笑んだ。

「安倍晴明が遺した神さまや道具たちを、幸せにしたいと思ったからだ」

『なっ……』

思いもしなかった言葉なのだろう。龍神も、蛇神たちも、一様に目を見開く。

『神を、幸せにだと……？』

「そう。彼らは国を守ってくれる。だったら僕は、彼らを守りたい。彼らを幸せにしたい」

それこそが、僕が主としてなすべきことだと思っている。

「だから、嫌だ。龍神は僕のものではないけれど、そんな顔をしたまま逝ってほしくない。人のためじゃなく、国のためでもなく、龍神のためでもなく、僕のためにだ」

そう言って、僕は蛇神たちに頭を下げた。

「呼んでくれて助かった。知らなければ、龍神を不幸にしたまま逝かせるところだった」

「と、とんでもございません……！」

蛇神たちが感極まった様子で顔を歪め、地面に額を擦りつけた。

「ありがとうございます！　ありがとうございます！　阿部のあたりの主よ……！」

僕は頷いて、太常を見た。

「太常、まだ間に合うだろう？」

「もちろん、それを聞いては、『できません』などとは口が裂けても言えませんね」

太常が頷き、扇で口もとを隠して不敵に笑う。

「なんとかしてみせましょう。主さまの願いのためにも」

「――よし」

僕は大きく頷くと、龍神に近づいた。

「ということで、龍神を助けるのは確定事項だ。諦めてくれ」

手を伸ばすと、龍神は嫌がることなく目を閉じた。

『……では吾は、今度は汝《な》のために在らねばならなくなるのだろうか？』

黒く汚れた鱗は、思ったとおりひどくザラザラとして、手触りが悪い。

『時代は移り変わった。人は神を畏れなくなり、敬意を払わなくなり、そのまま恩義を忘れ、自然を汚し、壊すようになった。都合のよい時だけ、手遊びか何かのように神に祈り、願う。日ごろから敬うこともせず、困った時だけに』

「……龍神……」

『ここに囚われてからも、どれだけの神が信仰を失い、消えていったか。阿部のあたりの主、それでも吾は――神は、人のために在らねばならぬのだろうか？　人を守らねばならぬのだろうか？』

僕は龍神の鼻先を撫でながら、首を横に振った。

「少なくとも、僕のために在る必要はない。それは約束する。僕は龍神を手に入れるために助けるわけじゃない。幸せになってもらいたいからだ」

見返りなど求めない。『龍神を助けたい』――それは、僕の欲だからだ。

「僕が僕の願いを叶えるだけだよ。安心してくれ」

僕はそう言って、龍神の鼻先に頬をすり寄せた。

「人の信仰がなくても生きていけるなら、必ずしも人のために在る必要はないと僕は思う。龍神のしたいようにしていい。自由になっていいんだ」

『………』

龍神が目を閉じる。

『阿部のあたりの主、汝《な》は絶望せずにいてくれようか。いや、絶望させずにいてくれようか。天を突き、地を揺らす、悲痛なる神の悲鳴。その嵐のような慟哭を、汝《な》は……』

祈るような、縋るような言葉に、胸が痛む。

「正直に言う。わからない」

大それた望みだということは、僕が一番よくわかっている。

それだけのことを成し遂げられるだけの力が、僕にあるわけじゃないから。

「僕は、僕の望みのために、力を尽くす。それだけだ。そうとしか言えない」

できると自信満々に言えるような力が、僕にもあったならと思う。

だけど、そうじゃないから。そんなことしか言えない僕を許してほしい。

「…………」

重苦しい静寂が僕たちを包む。

その沈黙の長さが、そのまま龍神の悲しみの深さを現しているようだった。

『——受け入れよう』

どれほどの時間が経っただろうか？

やがて、龍神がゆっくりと目蓋を持ち上げて、それだけを口にする。

僕はホッと息をついて、その鼻先に再び頬をすり寄せた。

「……ありがとう」

ありがとう。僕にチャンスをくれて。

決して無駄にはしない。必ず応えてみせるから。

僕は龍神から離れると、僕の神さまを振り返った。

「太常」

僕の呼びかけに、太常がパチンと扇を閉じる。

そして、金と黒のオッドアイを好戦的に煌めかせた。

「お任せを」

6

「これか……。龍玉……」

僕の背丈よりはるかに大きな、球体の巨石を見上げる。

見た目は完全に岩だ。これ、ちゃんと宝玉だったって本当か？

「ヌシさま……」

数歩離れたところに立つ華が、苦しげに僕を呼ぶ。

僕は荷物を地面に下ろしながら、華を振り返った。

「ありがとう、華。キツいだろ？　すぐに本体に戻ってくれ」

「……狐火だけ残しておく。ヌシさまは夜目がきかぬからな」

華に余計な力を使わせるのは忍びないけれど、それは正直ありがたい。

周りが見えないと、太常に申し渡されたことをちゃんと遂行できないから。

「ヌシさま、絶対に無理をするでないぞ」

「うん、約束する。だから——龍神を頼むな」

華はまだ心配そうにしていたものの、そのまま空気に身を溶かした。

龍神を助ける具体的な方法として——『華の神力を使います』と、太常は言った。

『神社の御神体となってもおかしくない御神刀です。穢れを祓《はら》うにはうってつけでしょう。龍神の前に華の本体を据え置き、わたくしが禊祓《みそぎばらい》の儀を行います』

そして僕に『主さまはまず龍玉をお探しください。この窖の中にあるはずです』と言って、一度幽世の屋敷に戻って持ち出してきたものを差し出した。

『穢れの一番の原因は龍神ではなく龍玉です。龍玉の穢れを祓わなければ、龍神に力が戻ることはありません』

「だったら、禊祓の儀は龍玉に対して行うべきじゃないのか？」と首を捻った僕に、太常はひどく申し訳なさそうにしながら首を横に振った。

『神は浄き存在であればこそ、穢れに弱いのです。穢れの元凶に近づくことはできません。だからこそ、蛇神をはじめとする眷属たちでは穢れをどうすることもできなかったのです。ですが、人であれば』

神やあやかしよりもはるかに穢れに鈍感《どんかん》な人間であれば。

ここに人間は一人しかいない。つまり、龍玉に近づけるのは僕だけということだ。

それを聞いて、少しホッとした。――僕にもできることがある。

龍神にあれほどの啖呵《たんか》を切っておいて、何もできずに見ているだけは嫌だったから。

『華が嫌がる方向に、龍玉はございます。まずはそれを見つけてくださいませ。見つけたら、その前に立ち、二礼二拍手一礼。先ほど幽世の屋敷より持ってきた浄めの水と酒をかけて、これからわたくしが教える「祓詞《はらえことば》」をゆっくりと唱えながら、白絹で磨いてください。唱え終わりましたら、一旦下がり、再び二礼二拍手一礼、そうしてまた浄めの水と酒をかけ、祓詞を唱えながら、新しい白絹で磨きます。穢れに触れた絹でもう一度龍玉に触れることはなさいませんように』

僕は浄めの水が入った手桶と酒瓶とを並べて地面に置き、少し離れたところにたくさんの白絹を詰めた風呂敷包みを置いた。

『祓詞を唱えながら磨くことを三度行いましたら、一度こちらに戻り、華の前で平身低頭。祈りとともに願いを言の葉にします。こちらも三度。唱え終えましたら、龍玉の傍に戻り、再び三度の磨き作業です。これをひたすら繰り返します』

太常が教えてくれた手順をしっかりと思い返して、龍玉の前に立つ。

『神には、人の信仰が何よりの薬です。心に祈りを。雑念を払い、龍神のことだけを考え、祀りを行《おこな》ってください』

僕は深呼吸を一つして、深々と二度頭を下げた。そして、さらに一礼。そして、窖内に響き渡るように、ゆっくりと二度柏手《かしわで》を打った。

白絹一枚を手に、龍玉に近寄り、浄めの水と酒を少し振りかける。

「——掛《か》けまくも畏《かしこ》き　伊邪那岐大神《いざなぎのおほかみ》　筑紫《つくし》の日向《ひむか》の橘《たちばな》の小戸《をど》の阿波岐《あはぎ》原に　禊《みそ》ぎ祓《はら》へ給《たま》ひし時に　生《な》り坐《ま》せる祓戸《はらえど》の大神等《おほかみたち》　諸々の禍事《まがごと》・罪・穢《けがれ》　有らむをば　祓へ給ひ清め給へと白《まを》すことを聞《き》こし召《め》せと　恐《かしこ》み恐みも白す」

ことさらにゆっくりと唱えながら、力を込めてごしごしと白絹で岩肌を擦る。

現代語に訳すと『口に出してご尊名を申し上げるのも恐れ多い、伊邪那岐大神が、筑紫の日向の橘の小戸の阿波岐原で、禊祓いをなされた時に、お生まれになった祓戸の大神達よ。さまざまな災難・罪・穢れがございましたら、祓いお清めくださいと申しますことをお聞き届けくださいませと、畏れ多くも申し上げます』だ。

もっと細かく噛み砕くと、古事記《こじき》などにあるとおり、日本という国とさまざまな神さまの父たる伊邪那岐命という、名前を口にするのも憚《はばか》れるほど尊い神さまが、愛する亡き妻である伊邪那美命《いざなみのみこと》を黄泉の国に迎えに行くんだけど、そこで妻の腐敗した死体となった禍々しい姿を見てしまい——恐怖から地上に逃げ戻り、妻が追いかけてこられないようにと黄泉の国と地上を繋ぐ黄泉比良坂《よもつひらざか》を大岩で封じた。

伊邪那美命はひどく怒って、「愛しい人よ！　こんなひどいことをするならば私は一日に千の人を殺すでしょう！」と叫び、それに対して伊邪那岐命は「愛しい人よ！　それならば私は産屋を建てて一日に千五百の子どもを産ませよう！」と返した。ここから、死の概念が生まれたとされている。

その後、伊邪那岐命は身体についてしまった穢れを、筑紫の日向の橘の小戸の阿波岐原で禊を行って清めた。

その時にさまざまな神が生まれて――最後に、左眼から天照大御神《あまてらすおおみかみ》、右眼から月読命《つくよみのみこと》、鼻から建速須佐之男命《たけはやすさのおのみこと》の三貴神が生まれる。

これが、日本神話の大まかな序章だ。

その禊の際に生まれた――『祓戸大神』という総称で呼ばれる祓を司る神さまたちに、私たちの罪や穢れを祓ってくださいと言っているんだ。

本来は自身の身を清めるために唱えるものだけれど、他者の汚れを祓うためでもまったく問題ないとのことだった。

唱え終わったら、一旦下がって、白絹を取り換える。

そして、再び、二礼二拍手一礼。酒を振りかけて、祓詞を繰り返す。

「掛けまくも畏き　伊邪那岐大神――」

ふと、思う。その名を口にするのも憚られるほど恐れ多い、神さま。

今、そんなふうに考える人間はどれだけいるのだろう？　それほど謙虚な姿勢で神さまと向き合っている者は――？

少なくとも、僕の周りにはいない。

人が生まれたのは、神さまのおかげだと。

今、こうして生きていけるのも、神さまのおかげだと。

常に心に感謝を、そして尊敬の念を抱いている者はとても少ないのではないか。

これでは、人は変わったと言われても仕方がない。

「……っ……」

二礼二拍手一礼をし、浄めの水と酒をかけ、ゆっくりと祓詞を唱えながら、完全に輝きを失い岩と化してしまっている龍玉を磨く。

それを三回繰り返して、龍神のもとに戻る。

龍神の前には華の本体が据え置かれ、かなり距離を開けて太常が座っている。

太常が唱える真言《しんごん》が朗々と響く中、僕は華の前に跪き、深々と頭《こうべ》を垂れた。

そして、祈りとともに願いを言の葉に乗せる。

「龍神の悪しき穢れを祓いたまえ」

まだ逝かないでほしい。

どうか、生きてほしい。

今度こそ、幸せになるために。

それも三度唱えて、再び地面に額を擦りつける。

そうしてまた、龍玉のもとに戻って、二礼二拍手一礼。

窖に祈りが満ちてゆく。

龍神のためだけの祀りが。

それを——どれだけ繰り返しただろう？　一時間や二時間のことではなかったと思う。

全身が汗だくとなり、岩を磨く手に感覚がなくなって、水すら口にできないためか意識が朦朧《もうろう》としてきたころだった。

ギィンというすさまじい音とともに、龍玉に金色の斬撃が走る。

ギョッとして反射的に身を引いた瞬間、その亀裂がビシビシと岩肌全体に広がる。

「あ……！」

小さく叫んだ時には、岩肌が粉々に砕け散って、その下から青く輝く宝玉が現れていた。

目を開けていられないほど強い輝きに、目もとを庇《かば》って後ずさる。

これって——！

「ヌシさま！」

「主さま！」

華と太常の僕を呼ぶ声が同時に響く。

僕はハッと息を呑んで、龍玉に背を向けた。

そのまま、華と太常のもとへと駆け戻る。

「華！　太常！　っ……！」

思わず、息を呑んだ。

青き龍神がいた。

全身を覆う、まるでサファイヤのように煌めく鱗。そして、水晶のように透きとおるヒレ。

豊かな鬣に、長い長い髭、鷹のような鋭い鉤爪を持つ脚、そして二本の立派な真珠色の角。

そして――あれが龍の逆鱗というやつだろう。喉元に一枚だけ銀色に輝く鱗があった。

金色の双眸が、まっすぐに僕を映す。

「龍、神……」

なんて美しいのだろう。自然そのもののような雄大な姿に、心が感動に打ち震える。

汗だくボロボロの僕を見て、龍神が金色の目を細める。

『阿部のあたりの主よ。この恩義、いつか返そう』

「そんなことは考えなくていい！　ぼくはやりたいようにやっただけだ！」

僕はその前に走り出て、叫んだ。

「だから、龍神も！　生きたいように生きればいい！」

神も、人も、何にも縛《しば》られず、自由であればいいんだ！

龍玉が龍神の手に戻る。

龍神が満足げにそれを見やり、そのまま天を仰ぐ。

それが最後だった。

ドオンという地を揺るがす大きな音とともに、龍神の姿が掻き消える。

出て行ったのだ。この窖から。恋焦がれた外の世界へ。

そう理解した瞬間、どっと押し寄せてきた疲労に、ぐらりと身体が傾《かし》ぐ。

それを優しく支えてくれたのは、喜びに涙を噴き零《こぼ》す蛇神たちだった。

「あ、あ……！　主さま……！　よかった……！」

「ああ、主さまが……！　主さまが……！」

ともにその場にへたり込みながら、両側から僕を抱き締める。

「ありがとうございます……！　ありがとうございます……！」

「ああ、本当に……！　ありがとうございます……！　阿部のあたりの主さま……！」

「……うん……」

蛇神たちが咽び泣きながら、何度も何度もお礼を言う。

って言うか、僕より華だろ。

「華、ありがとな……」

両手を差し出すと、華が腕の中に飛び込んでくる。

「我よりもヌシさまだ！　ああ！　両手が腫《は》れておるではないか！　痛かろう？」

「いや、それが全然……。もう感覚がないからさ……」

力なく笑う僕の傍に、太常が膝をつく。

「――お疲れさまでした。主さま。今回は頑張りましたね」

「今回は……？　いつも頑張ってるだろ……？」

「まだまだでございますよ」

本当に、素直に褒めてくれないなぁ、お前は……。

でも、そんな憎まれ口すら嬉しい。

心地よい達成感に、僕は幸せな気持ちで目を閉じた。

龍王池に戻ると、三週間にも及ぶ長雨が嘘だったかのように、澄んだ青空が広がっていた。
静かな水面に青空を映した龍王池は、かつての龍神の棲処のように美しかった。
大きく深呼吸をして、空を仰ぐ。

自由になった龍神の心が、この雲一つない青空のように晴れやかだといい。

心から、そう願った。

第三話

心を殺すに刃物はいらぬ

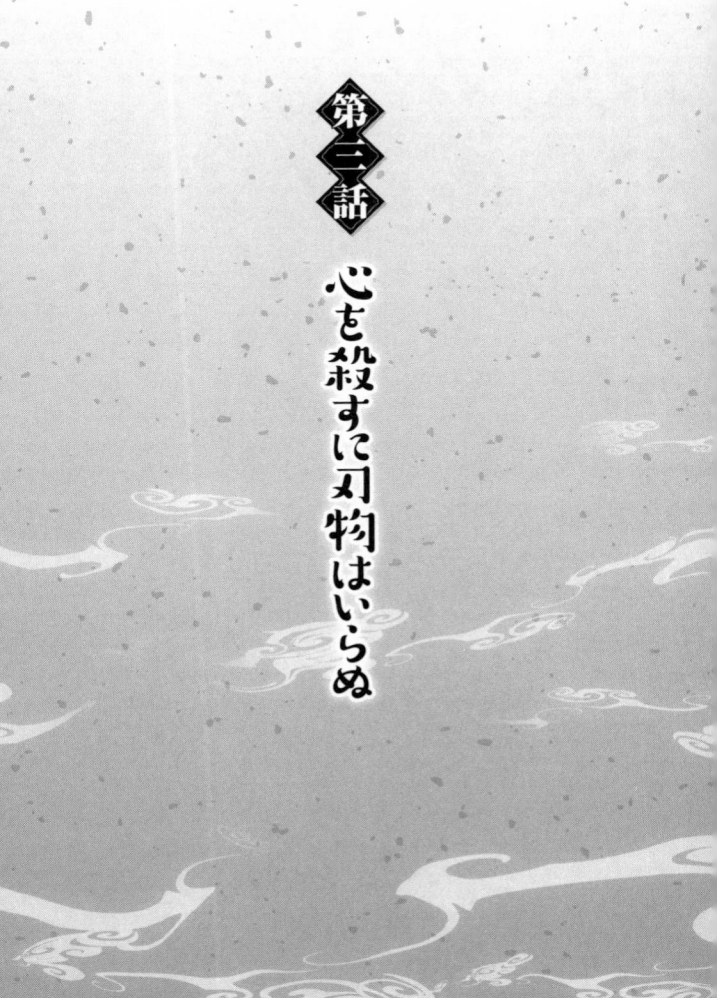

1

『それでも吾は――神は、人のために在らねばならぬのだろうか？　人を守らねばならぬのだろうか？』

龍神の悲しげな声が、耳について離れない。

そして、震えるほどの怒りに満ちた声も。

『真《まこと》に神とは人の上の存在なのだろうか。上《かみ》なのだろうか。本当は違うのではないか？　祀り、崇め奉ることで騙し、人の都合のいいように使っているだけなのではないか？』

その嘆きに、太常は表情を曇らせ、『昔、同じことを言った神がいました』と言った。

『その神は、今も闇の中にいます』と。

それは、騰蛇のことだろうか？

「…………」

いつぞやかに見た夢を思い出す。

『神を縛るか！　人如きが！』

あの狂気にまみれた怨嗟の声を。

『驕りし人よ！　必ず報いを受けさせてやるぞ！』

しかしあれも、龍神の言葉を聞いてからは、少し印象が変わった。

『阿部のあたりの主、汝《な》は絶望せずにいてくれようか。いや、絶望させずにいてくれようか。天を突き、地を揺らす、悲痛なる神の悲鳴。その嵐のような慟哭を、汝《な》は……』

あれぞ、『天を突き、地を揺らす、悲痛なる神の悲鳴』ではないのか。

人に絶望してしまったがゆえの、嘆き──。

「……そうなんだよなぁ……」

人は神を幸せにしないのに、神には人を守ってくれと縋る。

ちっぽけな人間が大いなる神に祈ることなど古くから当たり前に行われてきたことなのに、神を知ってしまうとその関係がひどく歪なものに見えてしまうのはなぜだろう？

「でも、神に祈ることは悪ではないはずだ」

それだけは、絶対。

太常も言っていた。神には人の信仰が何よりの薬だと。

それなら、人間と神の『良い関係』とはどんなものだろう？

ともに幸せになるためには、どうすればいいのだろう？

部屋で一人、考える。

「僕に、何ができる——？」

2

「聞いて喜べ！　本日は倉敷美観地区にスイーツ巡りだ！」

「……は……？」

爽《さわ》やか千パーセント笑顔全開フルスロットルな僕に、朔が首を傾げた。

「なんです？　また太常の旦那と言い争いでもしたんですか？」

「は？　なんでだよ。太常とスイーツにはなんの関連性もないだろ」

「え？　おやつ買いに行く程度ならともかく、がっつりスイーツ巡りをするのを許すなんて、そんなこと太常の旦那に限ってあるわけないじゃないですか。相手誰だと思ってるんですか。神の世界のレジェンド鬼畜ですよ？　鬼、畜生」

「めちゃくちゃ言うじゃん、お前……」

僕、黙っててやらないからな？　普通にチクるぞ、それ。

「だって、そんな暇があるなら少しでも作業を進めさせるはずです。普段は、マキちゃんが時間を無駄にするのをめちゃくちゃ嫌がるじゃないですか」

「今回は特別。僕、数日前にめちゃくちゃ頑張《がんば》ったから。そのご褒美」

「へぇ？　すごい。旦那、飴《あめ》とムチが使い分けられるようになったんですね。鬼畜なのに」

「……お前、太常に怒られるぞ」

倉敷美観地区とは、岡山県倉敷市にある町並み保存地区のことを言う。江戸時代初期に幕府の天領に定められて、以来備中国の物資の集散地として発展した。その時代の、街道に建ち並んだ白壁やなまこ壁の屋敷や蔵、倉敷川の畔《ほとり》を彩る柳並木など、情緒あふれる町並みはもちろんのこと、日本初の西洋美術館や、倉敷紡績工場の建物を改修、再利用した観光施設などレトロモダンな洋風建築もたくさんあって、それらが織り成す風情豊かな風景が、来る人を魅了する。

倉敷デニムをはじめとする倉敷ブランドを扱うショップや、町家を改装したカフェなどが軒《のき》を連ね、一年中たくさんの観光客で賑《にぎ》わっている人気の観光スポットだ。

当然、その場所ならではのスイーツもたくさん楽しめる。

一日がっつり楽しめちゃうから、自由になる時間が少ない中で行くのはもったいなくて、今まで行きたくても行けなかった場所だ。

「というわけで、僕の華も人間に化けたお出かけバージョンだ。可愛かろう」

「あ、本当だ。姐さん、めちゃくちゃ可愛いじゃないですか」

耳と尻尾を隠して、花柄の白いワンピースに春色のロングカーディガンを合わせた姿だ。

まだ人間に化けるのは苦手みたいだけど、華もスイーツが大好きだからな。

そして、龍神の件では一番頑張ってくれたと言っても過言ではないから、華にもがっつり食べて楽しんでもらいたい！

「よし、食うぞ～！　まずは食べるとしあわせになれるってプリンだろ？　映え度半端ないジャースイーツだろ？　岡山のフルーツをふんだんに使ったフルーツパフェに、クレープにフレッシュジュース、フルーツを練り込んだソフトクリーム、ああ、そうそう身体にもいいヘルシージェラートもあったっけな。あ、旬のフルーツをふんだんにつかったパンケーキが食べられる店もあったはずだ。あとは、倉敷銘菓のお店もあるし……昔ながらの甘味処も、大正ロマンを感じられる喫茶店もいいよな。ああ、有名な水辺にある町家カフェのシフォンケーキは絶対にチェックする。あと、珍しいところではデニム色のソフトクリームもあったはずだから、それは絶対に食べておきたい」

「……本当に異次元っすよね。マキちゃんの胃って」

「あ、そろそろ時期的にかき氷もはじまってるはずだ。それもちゃんと食うぞ」

「…………」

朔が信じられないモノを見る目を僕に向ける。おい、やめろ。その顔。

「三百年以上生きて、姿を消したり人に変化《へんげ》したりするヤツが、たかだかスイーツが無限に食えるってだけの僕にそんな目を向けるのは、さすがに理不尽だと思う」

「いや、俺、猫だった時は普通だったんで。マキちゃんも妖怪変化になってからその能力を身につけたんだったら、別に何も言わないんですけどね」

能力なんて言うほどのことじゃないって、マジで。

そして、あいにくと人間以外のモノになる予定もない。

「というわけで、朔、車」

「本当に、太常の旦那から許可が下りたんですね？　俺を騙したりしてませんね？」

「そんなに信用ないか？　僕」

間違いなく、許しは出たってば。

「いや、信用がないのは太常の旦那のほうですよ。あの鬼畜にご褒美を与えるなんてことができるなんて……」

「鬼畜も学習するってことだよ。そこは認識をあらためてやってくれ。ああ、ただ、青龍の承諾を得ているかどうかは定かじゃないから、見つからないうちに早く出たい」

「ああ、はいはい」

朔は笑って、幽世の雲一つない青空を見上げた。

「じゃあせっかくなんで、楽しんじゃいましょうか。今日は現世も『晴れの国おかやま』にふさわしいピーカン天気ですしね」

3

「うっまかった……！　堪能《たんのう》したぁ～！」

最後に立ち寄った店——倉敷美観地区の東はずれにある米蔵を改装したカフェで購入した和テイストの抹茶スムージーを片手に、駅へと歩きながら感動の余韻《よいん》に浸る。

「……一店につき一品だと思ったら、一店で三品も四品も頼むんだもんなぁ。いや、マジでマキちゃんバケモンでしょ……」

「人聞きが悪いことを言うな」

「いやいや、本当に。その小さな身体に入るはずのない質量が消えてましたよ」

「小さいって言うな」

それは聞き捨てならないぞ！　僕は間違いなく平均だ！

「すべての店で飲みものしか頼まなかったのに、俺、苦しいですもん」

「それはお前の胃が貧弱なんだよ。普段、精気なんて形のないものばかり食ってるから」

「ちーがーいーまーすー！」

「だって、胃的にはまだまだ全然いけるぞ？　時間と財布的にこのあたりにしておこうってだけで」

その言葉に、朔が愕然《がくぜん》とした表情で僕を見つめる。

「嘘でしょ……？」

「なんでそんな嘘つくんだよ？」

「いやいや、マキちゃん……。一度医者に診《み》てもらいましょうよ。そのすさまじい砂糖愛は、絶対病気か何かですって」

「太常と同じこと言うなよ」

「だって、愛が過ぎるがゆえに、胃が砂糖を質量として認識しないんですよ？　健康体ではありえませんって」

「失礼なことを言うなよ」

と、その時――。くだらない言い合いをする僕の手を、小さな手が握る。

「……ヌシさま」

「ん？　……ああ、そっか」

周りを確認すると――ちょうどうまい具合に人がいない。

華を抱き寄せると、さりげなく朔が正面に立つ。僕ら二人で、華を隠すような形だ。

「スイーツは美味しかったか？」

「……うむ。一番は、ぱふぇだな。桃が丸ごと乗ったやつがよかった」

「そっか。それならよかった」

「じゃあ、少し休む……」

疲れた声とともに、華の姿が消える。

僕は再度周りを確認して、ボディバッグを優しく叩いた。

「人から認識される姿を維持するのは、まだ大変みたいだね」

「ですね。でも、そのうち慣れますよ。姐さんなら、コツをつかめばすぐだと思いますね」

再び駅へと歩き出しながら、朔が言う。

「あ、パン屋寄りたいんだけど。そっちの道に行っていいか？　お目当てのパン屋の店舗があるはずなんだ」

「はっ⁉」

僕の言葉に、朔がギョッとした様子で目を剥《む》く。

「いやいやいや！　何言ってるんですか！　もうお腹いっぱいでしょう⁉」

何を言う。

「さっきも言ったけど、まだまだ全然余裕～」

「そこは嘘だと言ってください。マジで。マキちゃんって、そこらのあやかしよりよっぽど不可思議ですよね」

「失敬だな。僕はただの人間。どノーマルな存在なのに」

「そんなわけないじゃないですか」

そんなわけあるよ。いつも言うけど、神さまとか付喪神とかあやかしに言われたくない。お前らに比べたら、僕はこれ以上はないというほどノーマルだ。

「岡山県民おなじみのオレンジクリームとバナナクリームのパンが欲しいんだよ」

「ああ、例の……」

「このあとの作業のおともにな。しっかり食って遊んだ分、頑張らないとな。太常が怒る。太常だけならまだいいけど、屋敷には青龍もいるからな」

「ああ、青龍さんに怒られるのは嫌ですもんね……」

「いや、嫌どころの話じゃないから、アレは」

「トラウマですもんね……」

ため息交じりにそう言って――だけと次の瞬間、朔がピタリと口を噤《つぐ》む。

そのまま、近くの大きな建物を見つめて、立ちすくんだ。

「……？　どうした？」

足を止め、朔の視線の先を目で追う。

「ッ――！」

瞬間、戦慄が背を駆け上がった。

「な、ん……だ……？　あれ……？」

建物の白い壁から、黒い大きなものが生えていた。

邪悪。

兇悪。

凶悪。

極悪。

悪辣《あくらつ》。

悪逆。

そんな言葉をいくら重ねても表し切れない、どす黒いモノ――。

ゴクリと息を呑み込む。

それは、血のように赫い大きな角を持った牛だった。

いや——違う。牛の頭を持った、鬼だ。不吉な漆黒の身体に纏う、同じ色の着物と羽織。

「ッ……！」

冷たいものが背筋を駆け上がる。同時に、ひどい吐き気が胸を突き上げる。見えない手で内臓を撫で回されたかのようだった。

それほど醜悪な姿だった。

そのままズルリと壁から抜け出し、ゆっくりと降りてくる。

「ッ……⁉　ち、近づいて……」

「シッ！」

思わず後ずさった僕を引き寄せ、朔が鋭く言う。

「静かに。——大丈夫です。動かずにいてください。あと、視線で追わないで」

そう言われて、慌てて目を伏せる。

「そのまま見ないでください。そうすれば、こちらが視認できていることに気づきません。牛は人ほど目がよくないんです」

「あ……あれは……？」

「牛鬼《ぎゅうき》ってあやかしです。近畿、中・四国を中心にたくさんの伝説が残っているぐらいには大物です」

「ぎゅ、牛鬼？　それって、牛鬼って、牛の頭に蜘蛛《くも》の身体のヤツ、じゃ……？」

「それは江戸時代の『百怪図巻』という妖怪絵巻に描かれた姿ですね。各地の伝承によってその姿は様々ですが、俺が知るのはアレです。頭が牛で、身体が鬼。だから牛鬼。残忍かつ獰猛《どうもう》な性格で、毒を吐き、病を蔓延《まんえん》させ、人を好んで喰らう」

「っ……！」

人を、喰らう――？

「顔が牛ですから、人の肉をそのまま喰らうことはできません。自らの毒で徐々に弱らせ、その心を恐怖で染め上げ――楽しむ。そして、身から離れた魂を喰らいます。牛鬼にとって、人間はいい餌《えさ》であり、玩具《おもちゃ》なんです」

餌であり、玩具って……。

見るなと言われたけれど、どうしても気になって、顔を動かすことなく視線だけそちらに向ける。

その視線の先で、大きな黒い影が音もなく地面に着地し、そのままこちらを見ることなく、ずるりずるりと身を引きずるように去ってゆく。

「……っ……」

死神など見たことはないけれど、あれぞまさにそう表現するに相応しい。

それほど、忌《い》まわしく、禍々しい姿だった。

「……あ、あの建物から、出てきたよな？　あれって、病院じゃ……？」

「ああ、たぶんそうですね」

朔が小さくなってゆく不吉の背中を見つめて、静かに頷く。

「どうします？　俺らには関係ないですけど……一応確認しときます？」

「……頼む」

「わかりました。じゃあ、華姉姐さんと待っててください。見てきます」

僕は頷いて、ボディバッグを抱き締めた。

「……頼みますよ」

「――言われるまでもない」

ボディバッグの中から聞こえた華の返答に朔は一つ息をつくと、大きな建物を見上げて、身を沈めた。

そして――跳躍。

「……！　う、わ……！」

そのまま跳躍を繰り返し、猫のように壁を昇ってゆく。

そして牛鬼が出てきた壁まで辿り着くと、その窓に身を溶かした。

「…………」

牛鬼が去った方向に視線を戻す。

景色はさっきまでと何一つ変わっていないはずなのに、なんだかひどく寒々しく感じる。

不吉に触れて温度を失ってしまったかのよう。

僕はボディバッグを抱く腕に力を込め、ブルリと身を震わせた。

4

「十階の入院患者に、何かあったようでした」

十分ほどして戻ってきた朔は、固い表情でそう言った。

「……！　何かって⁉」

「どうやら容体が急変したみたいでしたね。たくさんの医師や看護師が駆けつけて、騒然としていましたよ」

「な、亡くなって……？」

「いえ、そんな感じではありませんでしたよ。その場での処置でしたし。ただ……」

そこで言葉を濁《にご》し、なんとも言えない渋い顔をする。

「ただ？」

訊き返すと、朔はガリガリと後頭部を掻きながら「あまり言いたくないんですけどね」と嫌そうに顔をしかめた。

「朔……？」

「――マキちゃん。これは俺たちには関係のない話だってことを、まずは頭に入れておいてください」

「え……？」

「これは、俺らにはかかわりのないことなんです。いいですか？」

獣の瞳孔を持つヘーゼルの目が、まっすぐに僕を見つめる。

「――一応、念頭には置いておく」

朔の言いたいことはなんとなく察したけれど、あの不吉を見なかったことにはできない。かかわらないでおくかどうかは、話を聞いてから決める。

そう言うと、朔がやれやれと肩をすくめる。

しかし、現段階では言っても無駄だとわかっているからか、それ以上強く言うことはなく、朔は覚悟を決めた様子であらためて僕を見つめた。

「今夜、と」

「え……？」

「患者が呟いたんですよ。今夜、と。今夜で終わる、と……。苦しそうに息をしながら」

瞬間、ドクッと心臓が嫌な音を立てる。

「それって……」

この苦痛が、今夜で終わるということ――？

「……ッ……」

僕は手で口元を覆った。

今夜急に、病気や怪我《けが》が治るわけがない。

治るのでなければ、苦痛を感じなくなる要因は一つしかない。

『顔が牛ですから、人の肉をそのまま喰らうことはできません。自らの毒で徐々に弱らせ、その心を恐怖で染め上げ――楽しむ。そして、身から離れた魂を喰らいます。牛鬼にとって、人間はいい餌であり、玩具なんです』

つまり――そういうことなのだ。

慌ててボディバッグを叩くと、しかめっつらの華がゆらりと姿を現した。

「華っ……！」

「——念のために言うが、ここは猫が正しい。これはヌシさまにはかかわりのないことぞ」

そして、難しい顔をしたまま僕をにらみつける。

「自ら危険に飛び込んでゆくのは感心せんぞ。ヌシさま。こんなことは大して珍しくもない。これまではあやかしが目に映らなかったゆえ、ヌシさまは気づかなんだだけのこと」

「……わかってる」

「目に入れば、かかわりたくなるのも道理。その気持ちはわからんでもないがの。しかし、そのたびにかかわっていては、ヌシさまの身が持たぬ」

「……わかってる」

「ヌシさまには、ほかになさねばならぬことがある。それは、ヌシさまにしかできぬこと。この国の礎を預かるヌシさまの身に大事あれば、この国は……」

「わかってるよ！」

そんなことは、重々理解している。

それでも、人があやかしの玩具になっていることを、今夜確実に殺されることを知って、そのままになんてできない！　見て見ぬふりなんてできない！

「それでも、嫌だ！　このまま、何ごともなかったかのように帰れって言うのか⁉」

「ヌシさま……」

危ないことを積極的にしようってわけじゃない。

でも国を守るために、人を見捨ててどうする！

そんなもの、本末転倒だろう！

「ひと一人の、命だぞ⁉」

救う手だてがあるなら、救いたい！

そう思って、何が悪い！

「自分にできることがあるなら、したい！　そう思うのは当然だろう！」

「ヌシさまはそう言うだろうな。しかし……」

「わかってるよ！　華が僕の身を案じてくれていることぐらい！　実際、僕にはあやかしをどうこうする力はないから！」

こちらの世界に関する知識も力もない僕は、最善の道を選び取ることができない。

自分の力だけで、何かを成すこともだ。

僕がどれだけ助けたいと言ったところで、実際に力を尽くすのは、その身体を張るのは、僕以外の誰かなんだ。僕ではなく。

わかってる。

わかってるんだ。

それでも――。

「力ない者の我儘《わがまま》で、無茶ぶりだ。わかってる。でも……！」

それでも、見て見ぬふりはできない！　どうしても！

その人のためじゃない！　僕のために！　――助けたい！

ギュッと目を瞑《つむ》り、叫ぶ。

「華っ……！　頼むっ……！」

どうか、助けてほしい！

精一杯の懇願に、華が大きくため息をつく。

そしてしばらく沈黙したのち、ポツリと小さく呟いた。

「……太常のお小言まではつきあってやらぬぞ。ヌシさまよ」

「……！　華……」

「だが――守ろう。ヌシさまを。ヌシさまの心を。我はそのために在るのだから」

「ありがとうっ……！」

華を強く抱き締める。

「ごめん。朔……！」

見上げると、珍しくひどく厳しい顔をした朔が、不愉快そうに眉を寄せる。

「僕と華は……」

「――賛成はしませんよ。あとが怖いんで。でも」

硬質な声が、僕の言葉を遮る。

だけど、ポンと僕の頭を叩いた大きな手は、とても優しかった。

「仕方ないんで、お伴はします」

意外な言葉に、思わず目を見開く。

朔に関しては、先に屋敷に戻ってくれと言うつもりだったのだけれど……。

じんわりと、胸内が熱くなる。

「……充分だよ……。ありがとう……」

5

夜を待って、僕らは行動を開始した。

『ヌシさまには、我を牛鬼のところまで運んでもらわなくてはならん』

華は僕にそう言った。

『我が神力は本体にこそ宿っておる。魔を討ち果たす力は、本体にあるのじゃ。だからこそ、我が牛鬼を討つには、そこに本体があることが必須となる。だが我は護り刀ゆえ、守るべき主の傍から自らの意思で離れることはできぬ。それがどういうことかわかるな？』

つまり僕は、華を持って、牛鬼が確実に現れるところにいなくてはならない。

そうでなくては、華は戦えない。

『牛鬼が現れたら、我を抜け。それだけでよい。ヌシさま、くれぐれも無茶はしてくれるな。それだけは約束してくれ』

もちろん、それがどれだけ危険なことかはわかっている。

それでも——放っておくことなんてできないから。

「——こっちですよ。マキちゃん」

朔の指示どおりに、病院の暗い廊下を進む。

牛鬼が現れるところに——それはつまり夜の病院にいろということだ。

僕はあやかしじゃないから、姿を消したり、別の何かに変化したり、壁を通り抜けたり、宙を飛んだりなんてできない。当然——それはかなりの難題だった。

通常外来が終わってから、夜間受付の人の目を盗んで夜間救急の出入り口から忍び込み、それから一時間ほど隠密行動。さっき、ようやく十階まで上がってくることができた。ああ、心臓に悪い……。

僕はデイルームの自販機の陰に隠れて、ほーっと息をついた。

「あれだけの大物です。現れればすぐにわかりますから、それまでここに隠れていたほうがいいかもしれませんね」

「現れてからじゃ遅かったりしないか？　たまたま見回りのタイミングだったり、スタッフステーションに人がいたりしたら……」

「かといって、病室の前で待つのは無謀ですよ。隠れる場所がないんで、巡回のスタッフに一発で見つかります」

「それは……そうなんだけど……」

もちろん、見つかって追い出されてしまえば、それこそ救う手だてがなくなってしまう。それだけは、絶対に避けなくてはならない。

わかっていても、失敗できない緊張からか、ひどく落ちつかない。

「……もう一度確認するけど、話してわかってくれるタイプじゃないんだよな？　牛鬼は。僕的には、斃《たお》さずとも引いてくれたらそれだけでいいんだけど……」

「無理ですね。鮫《さめ》や鰐《わに》に話が通じますか？　殺さないでくれ、食べないでくれと懇願して、それを聞いてくれますか？　叶えてくれますか？」

「……そんなレベルか」

「そんなレベルです。いいですか？　牛鬼を斃したら、一目散に逃げますよ。普通の人には牛鬼も華姐さんも見えませんから、何が起こったかわからないはずです。俺も、今は普通の人間の目には映らないようにしています」

「僕が急に飛び込んできて、そして出て行ったように見えるだけ――だな？」

「ええ。驚くでしょうし、怖い思いもするでしょうが、誰かが病室を間違えて入ってきた、おそらくはそんな認識になるかと」

「……なによりだな」

ボディバッグを抱き締め、気を落ちつけるためにふーっと肺の中の空気を吐き切る。

その時――だった。

「……！　マキちゃん……！」

「ヌシさま……！」

朔が身を弾かせると同時に、ボディバッグの中から鋭い声がする。

ドクンと心臓が大きく跳ねた。

「来た……！　こっちへ……！」

朔が静かに叫び、身を低くして走り出す。

極力物音をたてないように気をつけながら、それに続く。

「大丈夫です、人はいません。一気に走り抜けますよ……！」

「うん……！」

一気に廊下を駆け抜け、病室のドアを開ける。

牛鬼は――いた。

天井に届くほどの大きさの身体を折り曲げて、ベッドを覗き込んでいた。

「ッ……！」

恐怖と嫌悪に、全身が総毛立つ。

室内の暗闇よりも黒く、黒々い、その姿。

ひどく淀《よど》み、神経に粘《ねば》りつくかのように――忌まわしく、禍々しい。

吐き気をもよおすほどの醜悪さに、助かったと思う。ありがたいとも。

その姿だけで、疎むことができる。憎むことができる。

消し去りたいと、心から願うことができるのだから。

僕はブルリと身を震わせると、僕の護り刀を呼んだ。

「華っ……！」

「応」

その呼びに、華がその姿を現す。

そして神さびた白い狩衣を翻《ひるがえ》し、跳躍。素早く、その手を振り下ろした。

廊下からもれるわずかな光に、白刃が煌めく。

美しさに息を呑む間もなく、それは牛鬼の喉に深々と突き刺さった。

瞬間、牛鬼の喉からどす黒い紫色の液体が噴き出して、この世のものとは思えない絶叫が響き渡る。

ほぼ同時に――病室の主だろう。十四、十五歳ぐらいの少年が驚いた様子で起き上がった。

「伝承では、喉と眉間――だったか」

床に軽やかに降り立った華が、ヒュンと手にした本体を振る。

露払いによって、どす黒い紫色の血が床に飛び散った。

「時に、眉間を矢で射られ、時に、喉を太刀で突かれて斃されたという」

そう言って、再び跳躍。小さく華奢《きゃしゃ》な身体で、大きな不吉に飛びかかる。

「ヌシさまの前で、その非道はさせん！」

そのまま輝く刀身を、その眉間に突き立てた。

「やった……！」

朔が僕を背に庇ったまま、ホッとした様子で零す。

一拍置いて、牛鬼の額からも、穢れと呼ぶに相応しい黒紫の粘液が噴き上がる。

再び、室内が憎悪一色の断末魔にビリビリと震えた。

「っ……なんて声……！」

「大丈夫です。普通の人には聞こえませんから。じゃあ、マキちゃん！　逃げますよ！」

朔が僕の腕をつかむ。僕は頷いて、そのまま駆け出そうとした。

その時。

「……な……ん……」

凄まじい咆哮にまぎれて、少年が息を呑む。

「……な、なん……で……！」

「っ……⁉」

朔も僕も、思わず目を見開いた。

――な　ん　で？

それが、突然自室に飛び込んできた暴漢に対しての第一声だろうか？

反射的に、少年を振り返ってしまう。

「え……？」

牛鬼の身体がグズグズに溶け、腐臭のする汚泥と化してゆく。

そのままどんどん液状化し、同時にどんどん蒸発してゆく。

すでに、牛鬼は沈黙していた。その死は、確かめるまでもなくあきらかだった。

「なん、で……」

それを一心に見つめていた少年が、ふらふらと視線を彷徨わせて僕を見る。

僕はハッと息を呑んだ。

その時、はじめて気がついた。

今の今まで、少年が僕を見ていなかったことに。

突如として現れた不審者の僕を――まったく、だ。

そんなことが、果たしてありえるのだろうか？

いや、ない。ありえない。ありえるはずもない。

そんなものの存在を遥かに凌駕《りょうが》する何かに、その心を奪われでもしていない限りは！

「っ……まさか……」

「なんで！」

少年が叫ぶ。それは、ほとんど悲鳴に近かった。

嫌な予感に、心臓が縮み上がる。

「なんで殺したんだよ！」

吐き棄てられた——予想だにしなかった言葉に、朔が息を呑む。

「やっと……」

少年が頭を抱える。

「やっと……死ねると思ったのに……！」

冷や汗が、背中を滑り落ちる。

そうだ……。彼はずっと、牛鬼を見ていた。僕には、目もくれず——。

「君……見えて……」

「あ、あの化け物が、ボクを殺してくれるはずだったのに！」

質問を、最後まで口にすることはできなかった。

けれどその前に、彼がそれを肯定する。

見えていたのだ。彼には。あの、不吉そのもののような存在が。

「もしかしたら、獲物にだけは己の姿を見せておったのかもしれん。恐れ慄くさまを楽しむためにな」

僕の傍に戻ってきた華が、静かに言う。

「猫も言うておったであろう？　牛鬼は人間に恐怖を与えて弄ぶのじゃ。玩具にするのじゃ。それには、あの姿が見えておった方がより効果があろう？」

「……牛鬼が……」

「そう。アレの目が特別良いわけではなさそうじゃ。事実、我や猫には反応せん」

その言葉に、ハッとする。

ああ、そうだ。彼は、華や朔を一度も見ていない。

その目に映したのは、牛鬼と僕だけ——。

「殺して……くれる……？　それって……どういう……？」

「……言葉そのままだよ。……一週間前……あの化け物が、人を殺すのを見た……」

少年が俯いたまま、小さな声で言う。

「三つ隣の個室のおばあさんが……夜中に急変したって……。たまたまトイレに行った時に、医者や看護師さんたちがひどくバタバタしていて、それに気づいて……。僕も病室の前まで行ったんだ。顔見知りだったから……。そうしたら、あの化け物が……いて……」

少年が苛立った様子でグシャグシャと髪を掻き混ぜる。

「アレが、部屋から出てくると同時に、おばあさんが……」

まさか、そのおばあさんも……？

反射的に隣を見ると、青ざめたままの朔が小さく頷く。

「そのまま、化け物は、いなくなった……。おばあさんも、戻ってこなかった……」

「ッ……」

「次の日、またその化け物を見た。……ボクは、その化け物を追いかけて、頼んだんだ……。ボクも、殺してほしいって……」

少年が自分自身を抱き締め、身を小さくする。

「さらにその次の日に、化け物は……来てくれた……。ボクの願いを叶えてくれたんだ……。毎日毎日、ボクの身体を蝕んでくれた……。弱らせてくれた……。そして、ようやく今夜だ。今夜……死ねるはずだったのに……」

「……！　そんな！」

「なんで……!?　なんでだよ!?　何かが飛び込んできたと思ったら、あの化け物が死んだ！　お前が殺したんだろ!?　なぁ、なんで殺したんだよ！」

「あ、当たり前だ！　アイツは、君を殺そうとしたんだぞ!?」

思わず、叫ぶ。

「止めるのは、当然だろう！」

「それはボクが頼んだことだ！　ボクはそれを望んでた！」

「馬鹿なことを！　冗談でも言うなよ！　化け物に殺してもらおうだなんて！　そんなの、許されることじゃない！　命を粗末にするなんて……」

「うるさいっ！　何も知らないクセに！　勝手なこと言うなよ！」

「っ……だけど、そんなのは……！」

「黙れよ！　本人の現実を差し置いて語る正義に、なんの意味があるんだよ！」

ほとんど悲鳴のような叫びに、思わず言葉を失う。

少年は勢いよく顔を上げると、僕をねめつけた。

「お前のヒーローごっこにつきあわせるな！」

「――ッ！」

言葉が、胸に突き刺さる。

ヒーロー、ごっこ？

「ボ、ボクは生まれつき心臓に疾患があるんだ。両親は、五歳まで生きられないだろうって、覚悟するようにって言われてたって……。なのに……ボクは、もう十五歳だ……」

声が不自然に震える。

再び少年は自身を抱き締め、身を小さく丸めた。

その腕は細く、背はあきらかに痩《や》せていた。

「……君……」

「学校に行くことも、友達を作ることも、外で遊ぶこともできずに……十五年……。ただ、なんとか生きてるだけの……十五年……」

伏せた顔から零れた雫が、シーツに染みを作る。

「何もできないくせに、ただ生きている。生かしていたってなんの役にも立たない人間を、ただ生かす。そんなくだらないことに、どれだけのお金がかかってると思う？」

「っ……それは……」

「そのお金を稼ぐのに、どれだけ両親が苦労してると思う？　五年で済んだはずのそれが、もう十五年だ！　当初の予定の三倍だ！　どれだけ、ボクが……両親が……みんなが……」

倦《う》み、疲れていると思う？

彼の言葉が、僕の心をさらに抉《えぐ》る。

「………」

「ボクがいなければ……両親も妹も、もっと幸せに生きられたはずだ……」

「そ……っ……」

そんなはずはない。

とは――言えなかった。

彼の言うとおり、僕は彼のことを何も知らない。

「ボクも、申し訳ないと気を遣い続ける日々に疲れたんだ。もう誰の顔色も窺いたくない。医者の宣言どおりに死んでいれば……家族を嫌いにならずに済んだはずなのに……」

「……ッ……」

——違う。

そうじゃない。彼は家族を疎んじているわけじゃない。心から家族を愛しているからこそ、重荷にしかなれない自分を憎んでいるんだ。

だけど、それも言葉にはできなかった。

できるはずも——なかった。

「ようやく、死ねると思ったのに……絶好のチャンスだったのに……」

「っ……君……」

「なんてことしてくれたんだ！　お前のせいで、ボクはまたこの地獄を生きなきゃいけないじゃないか！　生き続けなきゃ……いけないじゃないかっ！」

「っ……」

思わず、目を瞑る。

感謝されたかったわけじゃない。それでも。

「正義のヒーロー気取りのクソ野郎。ボクの希望を殺したお前を……ボクは生きている限り呪い続ける……呪い続けてやる！」

こんな拒絶をされるとは、思っていなかった——。

6

どうやって戻ってきたのか、覚えていない。

気がついた時には、僕は幽世の屋敷にいた。

美しい満天の星の下——寝殿の階《きざはし》に腰を下ろして、ぼんやりと庭を見つめていた。

「……正義など、この星の数ほどにあるものです。立場が変われば、簡単にその形を変える。誰かの正義が誰かにとっての災厄や悪逆であることなど、珍しいことではございません」

簀子縁に坐した太常が、穏やかに言う。

「主さまは、間違いなく一つの命を救ったのです。それは、誰がなんと言おうとも善です。主さまがなさったことは、間違いなく善行でございますよ」

「……太常……」

「誰に理解されずとも、誰に否定されようとも、己のなすべきことをなす——それでよいのではありませんか？　少なくとも、わたくしはそうして参りました」

——そのとおりだ。

太常の言うことは間違っていない。

それでも、苦しい。

つらくて、悲しい。

心が、痛い——。

「……ッ……」

奥歯を噛み締め、膝を抱える。

彼の声が、耳について離れなかった。

『黙れよ！　本人の現実を差し置いて語る正義に、なんの意味があるんだよ！』

第四話

主はいまごろ醒めてか寝てか

1

まるで光に見捨てられてしまったかのような、不吉な闇夜だった。

「滅びは運《さだめ》。生きとし生けるモノは、それに従わねばなりません」

「……わかっておる」

「運命は天帝が定めしもの。わたくしは天帝に仕えるモノでした。それを――」

扇で口もとを隠し、太常は嗤った。

「あなたは、この四時の善神に天帝のご意思に刃向かえと申される」

「そのとおりだ……。どうか、我が願いを聞き届けてはくれぬだろうか……？　太常……」

痩せ細った枯れ木のような手が、慈悲《じひ》を求めるように伸びる。

「最期の、願いだ……」

震える声。焦点の合わない視線。生気を失った顔。今にも床に落ちてしまいそうな手。

そのすべてが、彼の死がさほど遠くないことを物語っていた。

「どうか……この国の、ため……すべての、民のために……」

「あなたは、とてもひどい人だ」

縋るような手を両手で包み込み、思わず吐き棄てる。

「一言、命じれば済むものを……！」

しかし、そうはしない。

ただ――願う。

まるで、最終的に決断するのはお前だと言わんばかりだ。

「太、常……。我が、神よ……」

「っ……」

ずるい人だ。

そして、怖い人だ。

この先もずっと、自分を縛りつけるつもりなのだ。

わかっていても――死に瀕して必死に希《こいねが》う手を、どうして振り払えるだろう。

「……お任せください」

これは、同じ十二天将を――そして天帝をも敵に回す決断だとわかっていた。

「誓いましょう。必ず成し遂げてみせます」

しかし、その手を強く握り締め、太常はきっぱりと言った。

「あなたのためならば」

これは、罪だ。きっと、誰もが自分を許しはしないだろう。

それでも、主のために。

心から愛した者のために。

「わたくしは、鬼になりましょう」

その壮絶な誓いに、しかしもう答える声はない――。

どれほどの刻《とき》が経ったか――独りきりとなった太常は、胸を占める寂寥《せきりょう》を振り払うように、大きく息をついた。

弱く儚い、人。しかし、なんとも力強い。そしてどこまでも自由だ。

それは、神にはないものだ。神は、自分が生を受けた意味を、その役割を理解している。天帝より与えられたその運命を裏切り、放り出すようなことはしない。天帝が定めしままに生きる。

だが、人はどうだ。運命を自ら切り開く。その強さがもたらす命の瞬き、輝きに、憧れる。どうしようもなく魅入られてしまう。

果てしなく、愛しく思う。

途方もなく、美しく思う。

人は、闇の中を手探りで這いずり回るように生きている。時に闇に足を取られてもがき、迷い、間違え、何度もやり直す。そうして毎日を、短き生を、悔いなきように生きている。その――己の生を己で選び、つかみ取り、生きるのだという矜持《きょうじ》。

それは、神にはないものだ。

自分も『生きて』みたい。そこに『在る』だけではなく。なりふり構わず、人のように。

天に定められし生をなぞるのではなく。

いつからかこの胸に宿っていたその思いに、彼はつけ込んだ。

彼は命令せず、願うことで、自分に突きつけたのだ。

なりふり構わず『生きる』道がここにあるぞと。

天帝に逆らい、十二天将を敵に回して、それでも人のために『生きて』みよと。

「……本当に、ひどい人だ」

太常は自嘲気味に笑うと、すらりと立ち上がった。

だが、自分はその手を取ったのだ。

すでに、賽《さい》は投げられた。

もう後戻りはできない。馬鹿げていようが、間違っていようが、無様《ぶざま》であろうが構わない。

力の限り足掻《あが》いてみせよう。人のように。

「安倍晴明――我が主、あなたのために」


今まで、その誓いを胸に、今まで独り――闘ってきた。

もがいてきた。

足掻いてきた。

何度行く手を困難に阻まれても、そのたびに乗り越えてきた。

自分に恥じることなく『生きて』きた。

そして、ここまでたどり着き、新たな主を引きずるようにして、さらに走る。

なりふり構わず、目的を遂げるためだけに。

その努力を認める神も現れた。

神々の絆が少しずつ戻りはじめる。

こんな喜ばしいことがあるだろうか？

勝ち得た成果に心躍らせ、走り続ける。

そのボロボロの足を、蛇の目が見つめる。

赫い闇が蠢《うごめ》く――。

2

もしかして、僕は少しだけいい気になっていたのかもしれない。

夢渡に、夢よりも美しい現実を見せてあげられて。

ぬらりひょんに、何よりも尊い本当の絆を教えてあげられて。

龍神に、闇からの解放を――焦がれ続けた自由を与えてあげられて。

僕でも誰かを助けられると、ほんの少しだけ驕ってしまっていたのかもしれない。

そんなはずはないのに。

受け継いでしまったものが、背負ってしまった肩書きが立派なだけで、僕自身は変わらずちっぽけで、自慢できるような才能も魅力もない――特筆すべきことと言えば他人より少し運が悪いだけの、平平凡凡な人間でしかないのに。

「……っ……」

ズキンと胸が痛む。

僕に向けられた、怒りと憎しみに満ちた視線が忘れられない。

『正義のヒーロー気取りのクソ野郎。ボクの希望を殺したお前を……ボクは生きている限り呪い続ける……呪い続けてやる！』

まるで悲鳴のようだった――あの声が耳から離れない。

「……クソッ……」

僕は首を振り、ガリガリと後頭部を掻いた。

――わかってはいるんだ。

どう足掻いたところで、殺されるのを知りながら見て見ぬふりをすることが正しいわけはないんだ。いくら、本人が死を望んでいたとしてもだ。

あんな不意打ちみたいな形じゃなく、ちゃんと本人と話し合うことができていたとしても、結果は同じだ。死にたいと言われても頷けるわけがないし、そのまま見殺しにすることなどもっとできない。できるはずがないんだ。

だから、もう一度やり直せるとしても、僕は彼を助ける道を選ぶ。

彼の望むままに、彼が死ぬのをただ見ているなんてことはしない。

独りよがりの正義だと誹《そし》られようと、その件に関して僕は自分を曲げない。絶対に。

「わかっては……いるんだ……」

自分の決断に後悔がないのなら、気にしたって仕方がない。

太常の言うことは、これ以上はないというほど正しい。

それでも――彼のひどく傷ついた表情が頭から消えてくれない。

「あれ？　真備じゃん」

眼裏に焼きついたままのそれを振り払うように首を横に振ったその時――不意に頭上から聞こえた声に、僕はハッとして顔を上げた。

「……！　晃《こう》……」

遠坂《とおさか》晃――好き勝手な方向を向いたクセのある短髪に、悪戯《いたずら》っぽくやんちゃそうな双眸。真新しいスーツに身を包み、いかにも『フレッシャーズ』といういでたち。

僕と同じくコミュニケーション能力はわりと高め。そのうえノリがよくて、要領もよくて、世渡り上手。運にも結構恵まれている。

共通点は多いものの、そういった意味では僕と正反対の友人だ。

「なんでここに……？」

「は？　なんでもクソも……ここ、俺の職場の最寄り駅だし」

一日何百万人もが利用する駅に隣接する地下街の珈琲ショップ――加えて昼時となれば、知り合いに会っても何もおかしくない。

ハロワ帰りに、気分が落ち込んでるのもあってまっすぐ家に帰りたくなくて、目についた店に入ってぼんやりしてたんだけど……しまったな。こんなことなら帰ればよかった。晃が嫌なんじゃなくて、すごく仲はいいし、会えて嬉しいとも感じるけれど、だけど今は誰かとわいわい盛り上がれるような気分じゃないっていうか……。

「ひさしぶりだな。何、頭抱えてんだよ？」

思いっきり後悔するも、もうあとの祭りだ。僕の精神状態なんか知る由もない晃は、僕の目の前にアイスコーヒーとサンドイッチが載ったトレーを置いた。

「あー……いや、ちょっと……」

「あ、就職活動？　えっ⁉　まだやってんのかよ⁉　就職活動」

対面の椅子に腰を下ろしながら、テーブルの上に広げていた就職情報誌を見て、晃が目を丸くした。

「いや、就職が駄目になったのは知ってるけどさ。お前の運の悪さもここまできたかって、ニュース見てめちゃくちゃ笑ったもん」

「笑うなよ、人の不幸を」

「は？　何言ってんだ。人の不幸は笑うもんだし、心の傷は抉るもんだろうよ。人の不幸は蜜の味って昔から言うじゃねーか。堪能しなくてどうする」

「笑顔で言うな。そんなこと」

「いや、本当に面白すぎでしょ。お前といたら一生退屈しないわ～。マジで嫁に来いって。俺、養うから。俺の家に永久就職」

「お前を楽しませるためにか。冗談じゃねぇわ」

すっぱり言うと、晃がサンドイッチのパッケージを開けながら、「秒で断るなよ。少しは考えようぜ」と言って笑う。考えるか。馬鹿。

「でも、それからそこそこ経ってんじゃん？　なのに、まだ就職できてねぇの？」

「これって会社が見つからないって言うか……」

「そら、春先に中途採用で『コレ！』ってピンとくる会社なんかねぇだろ。何言ってんだ。えり好みできる状況でもねぇし、ある程度は妥協しねぇと」

「それは、そうなんだけどさぁ……」

えり好みしてるっていうか、屋敷の主としてやらなきゃいけないことが多すぎて、単純に就職活動に時間が取れてないのもあるんだよな。

「コレって思える会社に出逢えたら、転職を考えりゃいいじゃん。まずは、えり好みせずに就職して、生活と収入を安定させる！　これだろ？」

「わかってるけど、できれば入社したからには長く勤めたいじゃんか」

その言葉に、晃が呆れたように息をつく。

「お前……そんなこと言ってるから、いつまで経っても真備なんだよ」

「僕はずっと真備だよ！」

なんだよ？　いつまで経っても真備って。まるで頑張ればほかのモノに進化するみたいに言いやがって。

眉を寄せた僕に、晃がサンドイッチをモグモグしながら首を横に振る。

「いやいや、それじゃ駄目だろ。真備で満足すんなよ。そこは脱皮しようぜ。出世しようぜ。人間死ぬまで成長だって。今から頑張れば、カリスマでも神でもなれるって。……多分」

「……発破をかけるつもりなら、最後まで言い切れよ」

なんだよ？　最後のものすごく小さな『多分』は。

「別に、僕はカリスマにも神さまにもなりたくないしなぁ……」

そんなことを言いながら、ふと『神』という言葉に、一番身近な神が頭に浮かぶ。

僕はムッとして目を吊り上げた。

「ああ？　ふざけんなよ。太常みたいになれって？　それは人間辞めろって言ってんのか？」

それとも、人間性を諦めろって言ってんのか？

「え？　何？　急に。怖い……。タイジョーって誰だよ？」

僕の剣幕にびっくりした晃が、目を丸くする。

僕は慌てて、「ごめん、こっちの話……」と顔の前でヒラヒラと手を振った。

「ふーん？　で、誰？　大学にいたか？　そんなヤツ」

「あ、いや、大学の人じゃない」

というか、まず人間じゃない。

「なんて言うか、えーっと……神さま？」

嘘をつきたくなくて正直に事実を言うと、冗談だと思ったのか、それとも比喩か何かだと思ったのか、「なんだよ？　それ」と笑ってくれる。――よかった。真剣に聞き返されたらどうしようかと思った。

「ってか、神さまなのに、真備ごときに人間性を疑われてんの？　なんなの？　その神さま。それで神さまなの？」

クスクスと笑いながら、晃がサンドイッチのパッケージをクシャクシャに丸める。

そうなんだよ。あれで神さまなんだよな、アイツ……。

「嘘みたいな話なんだけど、事実なんだよな……」

「マジかよ……。いや、ちょっと待てよ？　人間性ってあくまで人間に必要なものだから、神さまにはなくてもいいもんなんじゃね？」

「おい、やめろ」

それだと、アイツが鬼畜で外道なのは正しいってことになるじゃないか。

「まぁ、なんにせよ、神やカリスマと聞いてすぐに思い浮かぶような人が身近にいるなら、それを手本にして頑張れよ。目指すは、真備からの脱皮だ。な？」

「……冗談でも言わないでほしい、そんなこと」

どう足掻こうと、アレはなっちゃ駄目なものだ。アレが人として正しい形なのだとしたら、今すぐ人間辞めるわ。アレはむしろ、人として、ああなってはいけないっていうお手本だろ。太常を目指して頑張れなんて言われたら、僕はスキップで首つりに行くわ。そんな人生を送ってたまるものか。

太常みたくなることは、出世じゃない。進化でもない。成長でもない。むしろその逆だろ。退化だ、退化。

ぶす～っとむくれていると、晃が「まぁ、冗談は置いておいて」と言って唇の笑みを消す。そしてアイスコーヒーを置くと、ずいっと身を乗り出して僕の顔をまっすぐ覗き込んだ。

「何かあったのか？」

「え……？」

驚いて目を丸くした僕に、晃がきっぱりと言う。

「表情が暗い。どんな不憫な目に遭ってても笑ってるお前らしくない」

「……晃……」

ああ、こういうとこは社会人になっても何も変わってないな。

僕はふっと唇を綻ばせて、首を横に振った。

「そこはプライベートなんで」

「芸能人かよ」

僕の言い草に、晃がニヤリと笑う。

何もなかったとは言わない。それは嘘になるから。

だけど、晃に話す気はない。これは僕が背負うべきことだから。

そこそこ長いつきあいだ。否定をしなかったことである程度僕の思いを察したのだろう。

晃が「まぁ、詮索はしないけどな」と小さく肩をすくめる。

「ただ、助けてほしい時は絶対に連絡しろ。そこで遠慮なんかしたら、許さないからな」

「……わかってるよ。ありがとう」

しっかり目を見て頷くと、晃がホッとした様子で息をつく。

そしてアイスコーヒーを飲み干すと、そのまま素早く立ち上がった。

「ん、じゃあ、俺はもう行くな？　昼休み短くてさ」

「おー。お前こそ頑張れよ。新社会人」

「おう、また連絡するわ」

「あ、次はちゃんと事務所通してくれます？」

「芸能人かよ」

クスクスと笑いながらヒラヒラと手を振って、ゴミを片づけに行く。その背中を見送って、僕は椅子に身を沈めた。

「……ありがとな……」

友人との他愛もないやりとりに、ようやく気持ちが少しだけ浮上する。

そうだ――。今さらウジウジしたって、それで何かが変わるわけじゃない。

褒めてほしかったわけじゃない。

感謝してほしかったわけでもない。

理解が得られなかったからってなんだって言うんだ。

僕は、僕の信念のもとに行動した。そこに後悔はない。それだけは断言できる。

だったら、俯くな。

立ち止まるな。

振り返るな。

「…………」

天井を仰いだまま目を閉じる。

僕のなすべきことだけを考えろ――。

3

思えば、最初からおかしかったのだ。

「あれ？」

僕はドアを開けて、デンと鎮座ましているウォシュレットトイレを見て首を傾げた。

大学生になってすぐのころ、足の悪い祖父のためにバイト代をつぎ込んでリフォームした。

我が家で一番新しいものだ。――いや、そんなことはどうでもいいのだけれど。

「……僕、ちゃんとやったよな？」

一度ドアを閉めて、確認する。

トイレのドアの上には、太常が用意したお札がきちんとあった。剥がれたりはしていない。

左手首には、絵馬。こちらもちゃんとかかっている。

「んん？」

あれ？　おかしいな。

もう一度指差し確認をして、姿勢を正す。そして、二礼二拍手一礼——きっちりとやる。

そして、ドアを開ける。

「……トイレじゃん」

まごうことなき、トイレ。

毎日お世話になっているそれを見つめて、僕はボディバッグを叩いた。

「華？　これ、どういうことだと思う？」

幽世の屋敷に繋がらないんだけど。

「どうと言われても……」

なんとも眠そうな、可愛らしい声が応える。

「太常が札の効果を無効にしたのではないか？」

「えっ？　何？　僕、幽世の屋敷から締め出し食らってんの？」

今にはじまったことではないけれど、主の扱いおかしくないか？

「いや、わからぬが……。だが、札も絵馬もあやつが用意したものなのであろう？　それが使えなくなったとなれば、そう考えるのが普通なのではないか？」

「でも僕、何も聞いてないんだけど……」

どうなってんだよ？　報連相《ほうれんそう》は大事！

「太常といると、『主』の概念が崩壊していくよな……」

本当に、主ってなんなのだろう？

僕はため息をついて、ドアを閉めた。

「もう一度やってみて繋がらなかったら、今日はもう諦めるか」

「そうじゃな。そうするしかあるまい。道が繋がらぬのだから」

そうだよなぁ？　これ、行かなかったところで、僕は悪くないよな？

「安心せよ、ヌシさま。それで約束を破ったなどとヌシさまを責めるようなら、我が太常の髪を毟《むし》ってやろう」

「あ、ホント？　それは助かるわ」

めちゃくちゃ心強い。

僕は姿勢を正し、三度目の二礼二拍手一礼をことさら丁寧にして、目の前のドアを開けた。

「……！」

目の前には、ひどく古びた石造りの鳥居があった。

「あ、れ……？」

振り返ると、そこにはぐるりと周囲を木に囲まれた小さなスペースが。

御社とは名ばかりの、細い注連縄《しめなわ》がかかっているだけの瓦葺きの小屋。

灯籠《とうろう》も、狛犬《こまいぬ》などの神使の石像も、手水舎すらない、ただ木々のざわめきだけが聞こえるなんとも寂しい場所――。

「阿部、神社……？」

幽世の屋敷じゃない、現世の――一坪の土地がある阿部神社だ。

「あれっ⁉　なんでこっちに出たんだ⁉」

こっちに出ても、僕は一坪から自力で幽世に入れるわけじゃないから困るんだけど。

なんかバグが激しすぎない？　いったい何が起こってるんだよ？

「え……？　どうしよう。ドアがないから戻るに戻れないんだけど」

仕方ない。朔でも呼ぶか。

大きく息を吸った、その時だった。

「ヌシさま！」

不意に華が現れ、僕を背に庇う。

そして、本体の子狐を手に臨戦態勢をとったところで、ドォンとものすごい音とともに、あたりがビリビリと揺れ、土煙が上がった。

「なっ……⁉」

何か大きなものが、目の前に墜落した――そんな感じだった。

激しい風の圧力と飛んでくる小石や土埃《つちぼこり》から顔を庇いながら、なんとかそちらを見る。

「人間っ！」

土煙の中から、木々を揺らすほどの大声が響く。うわっ！　うるさっ……！

僕は反射的に両手で耳を塞いだ。

「貴様、阿部のあたりの主と見た！」

塞いでいても、しっかり聞こえる。どれだけ大きな声で話してんだ。

「え？　ああ、まぁ……そうだけど……」

頷くと、薄まってゆく土煙の向こうに見えはじめた大きな影が蠢く。

「それはよいっ！」

嬉しそうな大声とともに、ヒュンと何かが風を切る音がする。

刹那――鋭い風が吹き、一気に土煙が消えた。

「……！」

そこに立っていたのは、華やかな小袿を身に纏った、ひどく大柄な女性だった。

驚くほど癖のある長い髪は、輝かんばかりの真白。零れ落ちそうなほど大きくて印象的な双眸は、燃えさかる炎のように情熱的な緋色《ひいろ》。濡れた紅い唇からは鋭い牙が覗いている。

そして――その額には二本の大きな角。

「鬼……？」

思わず呟いた僕に、女性がにぃっと口角を持ち上げた。

「我が名は茨木童子《いばらきどうじ》！　阿部のあたりの主よ！　ともに来ていただこう！」

「え……？　うわぁっ⁉」

その身体が驚くほど素早く動いて、僕と華を小脇に抱え上げる。

「わぁ！　ちょっと！」

「動くでないぞ、阿部のあたりの主よ！　人間が落ちればひとたまりもなかろう！」

うわ、近くに来るとよりうるさっ……！

って、落ちれば？

思わず、地面を見る。

いや、いくら女性が大柄だって、ここから落ちても別に……。

眉を寄せた、その刹那。女性がグッと地面を踏みしめ、そのまま跳躍する。

「――ッ！　う、わぁあああぁあっ！」

激しい風に嬲られ、思わず頭を抱える。

急上昇のあとは、急降下。ドンッと地面に墜落して、間髪いれずまた空へ。

どうやらどこかに向かおうとしているみたいだけど……レールも安全装置もないジェットコースターというのか、横に高速移動もする連続フリーフォールというのか……とにかく、や……やめてくれぇぇぇぇぇぇぇ！

「叫ぶな！　阿部のあたりの主よ！　舌を噛んでも知らぬぞ！」

む、無茶言うな！　っていうか、そう思うならもうちょっと丁寧に運べよ！

——と、ツッこむ余裕などあるはずもない。

せめて落ちないようにと、その着物にしがみつくことで精いっぱいだった。

4

「ひ、ひどい目に遭った……」

気持ち悪い……。落差何十メートルの上下運動は、もう『縦揺れ』なんてレベルじゃない。

あんなの、人間が経験していいもんじゃねぇわ……。

「軟弱じゃのう！　阿部のあたりの主は！」

青い顔をして胸のあたりをさする僕を見下ろして、茨木童子がカカカと笑う。うるせぇ、僕が軟弱なんじゃない。人間なら普通だ。

僕は何度も深呼吸をして吐き気を抑えながら、ふと周りを見回した。

床も壁も木で作られ、等間隔に太い木の柱が並ぶ、殺風景な広間。一方の壁は取り払われ、その先には緩やかな上りの傾斜のついた土のスペースと、さらに奥には緑の丘が見える。

「ここは……？」

「鬼ノ城《きじょう》じゃ！　その西門、じゃな！」

「……頼むから、もう少し静かに話してくれ」

僕はため息交じりにそう言って、トントンと指でこめかみを叩いた。

鬼ノ城は、たしか一度調べたことがある。記憶を引っ張り出す。

岡山県総社市の鬼城山《きのじょうさん》に築かれた、日本の古代の山城だ。

大和朝廷が、唐やら新羅《しらぎ》などの——まぁ、今で言う中国や朝鮮半島からの侵略に備えて、対馬から畿内に至る要衝に防御施設を築いたんだけど、そのうちの一つだったはず。

鬼城山の山頂部——大体八合目から九号目あたりの外周にぐるりと城壁を巡らせてあって、見るからに古代の軍事施設という感じでかなり物々しい。

実は、あの桃太郎に出てくる鬼ヶ島のモデルになっているという話。

そもそも、桃太郎のあの話自体が、古代日本の皇族である吉備津彦命による、鬼ノ城を拠点としてあたり一帯を治めていた温羅《うら》という鬼を退治する話がモチーフらしい。

その退治の際に吉備津彦命が本陣を置いた地に吉備津神社が建てられていたり、ほかにも彼を祀る神社があったり、鬼の釜という温羅が生贄を茹でた釜などが残っていたり、温羅の血に赤く染まったことに由来する地名があったりと、伝承にまつわるものがたくさんある。

岡山といえば桃太郎のイメージが強いのは、そのせいだろう。

「ここには、鬼の棲処があるのじゃ」

幾分かボリュームを落として、茨木童子が言う。

茨木童子も、平安時代に大江山《おおえやま》を拠点に京都を荒らし回ったという有名な鬼だ。

酒呑《しゅてん》童子という、大江山に棲んでいた鬼の頭領の腹心だとか、息子だとか、恋人だとか、妻だとか――僕の大嫌いな諸説が腐るほどある。仲間というのは間違いないみたいだけど。

源頼光《みなもとのよりみつ》とその家臣――頼光四天王による酒呑童子討伐の際、茨木童子だけは逃げ延びて、都を去ったという話だったはずだ。

「棲処……。一応、ここは観光スポットだよな？」

「そのとおりじゃ。ゆえに、人目につかぬうちに移動したいのじゃが、大丈夫かのう？」

「移動って……また跳んで行くのか？」

「いや、この地の幽世に入る」

なるほど。阿部神社の一坪のような場所が、ここにもあるってことか。

「それなら大丈夫だ」

「そうか？　ならば」

茨木童子が深く息を吸って、その大きな手を打ち鳴らす。

まるで太鼓を叩いたかのような音が渡ると同時に、あたりの景色が一変した。

「――ッ！　うわぁ……！」

壮観、だった。

目の前に広がった景色に、言葉を失う。

おそらく、かつての――つまりは古代の鬼ノ城の姿なのだろう。

山肌をはちまき状に巡る堅牢な城壁に、遠くまで見渡せる見張り台つきの屈強な城門。

高い烽火台《のろしだい》に大きな馬宿《うまやど》、石造りの武器庫、武器を修復――生産するための鍛冶場もある。

さらには、食品貯蔵庫と思われるこれまた石造りの大きな倉に、溜井《ためい》まで。

「すごい……」

安倍晴明が遺した屋敷もすごかったけれど、ここも相当だ。

茨木童子に促され、華とともに奥へ――。

中央には広場、その先には兵舎や働く人々——いや、違うか。鬼々って言うべきか。その住まいなのだろう、高床式の小屋がいくつも並んでいる。

さらに歩いてゆくと、木々に囲まれた立派な御館《みたち》が。

力強い柱に支えられた切妻屋根《きりづまやね》に、雄々しくそびえる千木《ちぎ》。階の両端には篝火《かがりび》が焚かれ、ひどく神さびた雰囲気を醸し出している。

「さぁさぁ、御館の中へ」

言われるまま、中に入る。

玉簾《たますだれ》を掻き分けて、この建物の中心であろう大広間に。

よく磨き込まれた美しい板敷きの間は、足の裏にひんやりと心地がいい。

上座《かみざ》と思われる方向には、日本古来の伝統模様の縁飾りが美しい置き畳が敷かれ、さらに掖月《わきづき》が置かれている。

柱や壁にはいくつも灯火皿《あかり》がかけられ、揺らめく明かりにホッとさせられる。

「では、阿部のあたりの主よ。そちらに」

その上座を手で示され、思わず華と視線を交わす。

嫌な予感にさいなまれながら、僕はおずおずと腰を下ろした。

置き畳の前には、翡翠《ひすい》の香炉が置かれ、エキゾチックな——とてもよい香りがする。

「ええと、それで……」

何かご用でしょうか？　とばかりに、ドカッと僕の向かいに座った茨木童子を見つめると、彼女は勢いよく床に両手をつき、深々と頭を下げた。

「阿部のあたりの主よ！　どうかお頼み申し上げる！」

その言葉に、僕と華は再び視線を交わして、ため息をついた。

「あー……」

「やはりそうか……」

そうだよな。そうくると思ってたよ。わかってた。わかってた。

「ヌシさまよ……。そろそろなんとかせんと、身が持たんぞ？　こうもあやかしたちからのお願いごとが続いては……」

「……僕もそんな気がしてる」

粋呑と一貫小僧のお願いで、ぬらりひょんを説得したのがデカかったな。いや、マジで。あれから、小さな相談ごとが山ほど来るようになったから。

それに関しては屋敷の道具たちが対応して、僕が直接何かをすることは少ないんだけど、僕まで回ってくるということはそこそこ大きな案件だったり、人間にしか解決できないことだったりするから、最近は作業そっちのけで相談にかかりきりになることも少なくない。

それはもう絶対に大家の仕事ではないんだけど、かといって無視するわけにもいかなくて、最近はおやつを買いに行く時間すらなかなか取れないほど、忙しくなってしまっている。

龍神の件は、僕が思いがけず龍王池を訪れたもんだから、『とっさにお迎えしてしまった。申し訳なかった』とあとから蛇神たちは謝ってくれたけど、その二神も実はぬらりひょんの一件を耳にしていたのだそうだ。だからこそ、『うちの主も！』と思ってしまったらしい。

そしてその龍神の一件のあと、さらに屋敷を訪れるモノが増えたのは言うまでもない。

「えーっと、僕は安倍晴明と違って特別な力は何一つないから、そのお願いを叶えられるかどうかはわからないぞ？」

いつものように、ちゃんと念を押す。どこまで響くかわからないけれど。

すると、茨木童子は勢いよく顔を上げ、激しめに首を横に振った。

「いいえ、特別な力など……！　これは、あの屋敷の主であること。それこそが重要なのだと思っている！　どうぞお願いしたい！」

え？　何？　怖い。そんな特別っぽい案件を持ってきちゃったの？

「ま、まぁ……まずは話を聞かせてくれるか？」

何を要求されちゃうんだろうとビクビクしながら尋ねると、茨木童子は再び勢いよく床に額を打ちつけた。

「我が夫にして我が主――酒呑童子の御首《みしるし》を返していただきたい！」

「……！」

酒呑童子の、首――？

予想だにしなかった言葉に、思わず華と顔を見合わせる。

「酒呑童子の首じゃと？」

「返してって……僕が持ってるって言うのか？」

「そのとおり！　あの屋敷にあるはずじゃ！　どうか、どうか、このとおりじゃ！」

酒呑童子は歴史にも縁深いため、僕でも知っている有名な鬼だ。

大江山を拠点として京の都を荒らし回った鬼の頭領で、中世の都人に『もっとも恐ろしい妖怪は？』と尋ねたら、酒呑童子、玉藻前《たまものまえ》、大嶽丸《おおたけまる》の名が挙がるだろうと言われるぐらいの大妖怪だ。日本三大妖怪と言っても過言ではないだろう。

「あ、そうか。酒呑童子が退治されたのって、一条《いちじょう》天皇の御代《みよ》だ。その発端も、安倍晴明が一条天皇の命令で、都で起こっている事件の黒幕が酒呑童子だって暴いたことからだっけ」

「そのとおり！　源頼光と頼光四天王に、山伏を装う策や、神より手に入れた鬼を弱らせる『神便鬼毒酒《じんべんきどくしゅ》』という酒を授けたのも、かの安倍晴明じゃ！　そして」

茨木童子が憎々しげに唇を噛み締める。

「源頼光が持ち帰った首を検分したのも、また安倍晴明！」

「ああ、そうか！　たしか、酒呑童子、玉藻前、大嶽丸は、その御首や遺骸の一部が宇治の宝蔵《ほうぞう》に納められたって……！」

魚拓《ぎょたく》や剥製《はくせい》の考え方と同じで、退治した証――戦勝の記念品としてそれらを宝物倉に納め、天皇には三妖怪に勝る武力と知略や神仏からの加護があることを誇示したって話。

でも、実はその宇治《うじ》の宝蔵は、中世日本の説話や御伽草子《おとぎぞうし》など古典文学の世界に登場する架空の蔵なんだ。京都府宇治市にある平等院《びょうどういん》の阿弥陀堂《あみだどう》南西にあったとされているけれど、もちろん現在には残っていないし、文学作品以外の資料も発見されていない。

「…………」

安倍晴明が源頼光と頼光四天王に酒呑童子の退治の仕方を指南し――策を授け、さらには神から鬼を殺す酒を入手して渡した。そのうえ、持ち帰った首を検分までしてるんだから、たしかに安倍晴明が持っていると考えるのが自然だ。僕でもそう思う。

それこそ、御伽草紙の『宇治の宝蔵』は、あの屋敷を示す言葉なんじゃないのか――？

「……茨木童子。僕は、岡山の『温羅伝説』について、自分なりにかなり調べたんだ」

岡山の一番有名なあやかしって言ったら、鬼だと思ったから。

僕の言葉に、茨木童子が意外そうに片眉を上げる。

「ほう？」

「吉備津彦命に討たれた温羅の首は、落とされて時間が経っても生気に満ち溢れたままで、時折目を見開いては恐ろしい唸り声を上げたんだって。吉備津彦命は犬飼武命《いぬかいたけるのみこと》に命じて、犬に首を食わせて首を骨だけにしたんだけど、それでも鎮まることはなかったらしい」

「……！　御首を犬に食わせたと？　なんたる非道か！」

「まぁまぁ、伝説だから。怒らないで聞いて。吉備津彦命は、吉備津宮の釜殿の竈《かまど》の地中にその骨を埋めたんだけど、それでも十三年もの間、唸り声は止まなかったらしい」

特に驚いた様子もなく、茨木童子が頷く。

「ある日、吉備津彦命の夢に温羅が現れて、温羅の妻の阿曽媛に釜殿の神饌《しんせん》を炊かせるよう告げた。このことを人々に伝えて神事を執り行うと、ようやく唸り声は鎮まった。その後、温羅は吉凶を占う存在となったって話」

吉備津神社の鳴釜神事として、それは今も立派に行われている。お米を入れた蒸篭を置き、蓋を乗せた状態で釜を焚いた時に鳴る音で吉凶を占う神事だ。

これらの逸話からわかることは、鬼の首は落とされてなお力を失わないモノだということ。酒呑童子も、首を落とされてなお源頼光の兜に噛みついたって話が残ってる。

僕がそう言うと、茨木童子は再び頷いた。

「そうじゃな。本当に力のある鬼は、首を落とされた程度では死なぬ。ただ、身体のほうは長く首を離れておると、やがて朽ちてしまう。鬼の力の源は角だからな。首だけでは、人を攫《さら》うことも、襲うことも、物を盗むこともできぬ。ほかの鬼を統率することもだ。だから、首を落とすのは、殺すためというよりも、これ以上の悪事させぬため、逃走・反撃の手段を大幅に削ぐため、鬼の力の源である角を手に入れるため、という意味合いが強いと思うぞ」

「なるほど……」

「ああ、そして――我が主の力はとくにすさまじい。身体から切り離されて千年経とうが、万年経とうが、死んで朽ちるなどありえん」

「そうか……。でも、そんなものあるなんて、僕は一度も聞いたことがないんだけど」

それだけ強力な道具があるのなら、それについて太常や青龍から一言あってもいいと思うんだけど。

だって、知らずに触ったりしたら、とんでもないことになりそうじゃないか。

まぁ、太常や青龍が僕の身を案じてくれるかどうかは別として。

「道具や書物が収められている蔵はいくつかあるけれど、そのすべてに僕は日常的に出入りしてる。でも、鬼の首らしきものは今まで見たことないし、危ないから触れないようにって注意を受けている箱やら葛籠《つづら》やらもない」

「だが、我が主の御首は、間違いなく安倍晴明が手にしたはずじゃ！」

茨木童子がドンっと床を叩く。

「そして――あの安倍晴明じゃ！　あやつがすさまじい力を持つ我が主の御首を手に入れて、使わぬはずがない！　反対に、鬼の首などそこらにおざなりに放っておけるものでもない！ならば、必ずあの屋敷にあるはずじゃ！」

そう叫ぶと、茨城童子はずいっと身を乗り出し、僕の顔をまっすぐ覗き込んだ。

「本当に心当たりはないのか？　阿部のあたりの主どの。たとえば、あやかしや鬼の間では、安倍晴明は我が主の御首を大いなる神の封印に使ったと、まことしやかに囁かれておったりするのだが……」

「……！」

その言葉に、思わず目を見開く。

大いなる神――？

「それは……」

「嘘か真実かは定かではない。だが、ほかの人間では扱えぬモノ――自らの後継者や当時の陰陽寮の手に余るモノが、あの屋敷にはあるであろう？」

「っ……十二天将……！」

再び、華と顔を見合わせる。

「そうだ。螣蛇の封印……」

それなら、僕がそれを見たことがないのも納得がいく。

穢れの中に、螣蛇とともにあるのだとしたら――？

「……なるほど。ありえん話ではないな、ヌシさま」

華が視線を鋭くして、何度も頷く。

「うん……。それに、そもそも千の道具自体、あの一坪の土地に封じられていたんだよな」

人のため、世のために。決して、その場から離れぬように。逃げ出さぬように。

そして、この国を守るという役目を放棄できないように――。

「ああ、そうだ……。たしかに、太常からそう聞いてる……」

最初に、岡山を訪れた日。あの一坪の秘密を知り、幽世の屋敷に足を踏み入れた時――。

そうだ。太常はたしかに、屋敷の黒靄《くろもや》に沈む西の建物を示して、言った。

安倍晴明は螣蛇の魂を封じていたのだと、はっきりと。

『彼が荒魂に変じぬよう、先の主は様々な道具を用い、彼の魂の一部を封じておりました。その封じの術が、土地の所有者を失った際に壊れてしまったのです』

そして、一坪の土地が二度も所有者を失ったことで、螣蛇は今の状態になったのだと。

『最初は術が壊れ、同時に様々な道具が破壊され、またはは行方がわからなくなりました。二度目には彼の魂が変じ、屋敷の一部が穢れてしまいました。今は――わたくしと六合《りくごう》、天后《てんこう》、大陰《たいいん》の四神で、あれ以上穢れが広がらないように結界で封じております』

僕は太常の言葉をそのまま茨木童子に話した。

「……！　……？」

僕の隣で、華が何やら変な顔をして、じっと考え込む。

同じように茨木童子も「ふむ！」と、唇に指を当てた。

「なるほど。たしかに、大いなる神じゃ。並の道具では封印などできまい。それこそ、我が主の御首ぐらい強力なものでなければ」

「その『道具』の中に、酒呑童子の首があるかどうかは定かじゃないけどな？　たしかに、『大いなる神の封印』はあったってだけの話で……。もしかしたら、その壊れてしまった道具こそ、酒呑童子の首なのかもしれないし……」

「いや、それはなかろう。我が主の御首は、真っ先に壊れるような弱きモノではないからな。おそらくは、我が主の御首を核に様々な道具で補強した封印術なのじゃ。その補っておった道具のほうが壊れたと考えるべきじゃろう」

「……！　じゃあ、その補強道具の役割を、太常たち四神がしていると？」

「そう考えるほうが自然じゃ。その四神は、封印術の維持にかかりきりというわけではないのじゃろう？」

「ああ、うん、そうだな。ほかのこともしてる。つい先日は、僕と龍神の穢れを祓う神事もやってたし」

「ならば、間違いなかろう。我が主の御首という核が残っておるからこそ、四神で少しずつ補い合うだけで済んでおるのじゃ。穢れた荒魂を封じるのは、それほど容易いことではない。しかも、騰蛇と言えば、十二天将一の力を持つ凶将なのであろう？」

僕は頷いた。

「十二天将の中でもっとも強き破壊の力を持つモノだって聞いてる」

「それが、理性を失って暴れておるのじゃ。四神おっても、片手間に完璧に封じることなどできようか」

「そうか……」

僕は考え込み――しかし途中でふと気づいて、茨木童子に視線を戻した。

「一応確認しておきたいんだけど、どうして首を返してほしいんだ？　取り戻してどうするつもりなんだ？　また悪さをするつもりじゃないよな？」

「っ……！　それはもちろん！」

茨木童子が身を乗り出すようにして、激しく首を縦に振る。

「この千年、我は悪さをしてこなかったろう？」

「たしかに、酒呑童子が退治されたあとの行方は定かじゃないよな。伝わってない」

「一度越後に戻ったが、鬼の集落があると聞いて、ここ鬼ノ城に来た。以来、ここで静かに、穏やかに暮らしておる。悪さは一切しておらん。現世《うつしょ》に出たことすら、久方ぶりのことじゃ。あの屋敷に、千年ぶりに主が戻ったと聞いて……」

「それで、来た？」

「ああ、そうじゃ。しばらくは様子を窺っておったが、ぬらりひょんを説得した話を聞いて、いてもたってもいられなくなったのじゃ。安倍晴明ではなく此度の主ならば、我の……鬼の話を聞いてくれるのではないかと……」

茨木童子は僕をまっすぐ見つめたまま、さらに身を乗り出して熱心に言った。

「信じてもらえぬだろうか？　我はたしかに鬼じゃ。鬼じゃが、余生を愛したモノとともに慎ましやかに暮らしたいと思うのは、おかしなことか……？」

美しい夕焼けのような茜色の目に、涙が溢れる。

ほろりと零れた雫《しずく》を隠すかのように、茨木童子は両手で顔を覆った。

「主に――夫に会いたい。ただ、それだけなのじゃ……」

「茨木童子……」

理解できないわけはない。誰かを恋しく思う気持ちは、人だとかあやかしだとか関係ない。

みんな同じだ。

「……信じるよ。茨木童子」

「阿部のあたりの主どの……」

僕に特別な力は何もないけれど、その涙に嘘がないことぐらいわかる。

「でも、さっきの推測が正しいなら、首を返すことはめちゃくちゃ難しいと思う」

難しいどころか、本当に騰蛇の封印に使われているのなら、ほとんど不可能に近いだろう。

酒呑童子の首を返すということは、騰蛇の封印を解くのと同義だからだ。

「少なくとも、僕の一存でどうこうなることじゃない」

返してあげたい気持ちは山々だけれど、現実問題としてそうもいかないと思う。

そう言うと、茨木童子は指で涙を拭いながら、なんだか少し不満そうに眉を寄せた。

「阿部のあたりの主は、魂が変じた神をそのままにしておくつもりなのか？」

「っ……」

その言葉にドキッとする。

僕は息を呑み、慌てて目を伏せた。

「そういうわけじゃ、ないけど……」

痛いところを突かれたと思った。

人を、国を守ってくれる神を幸せにしたい――。

それが、僕が抱いた願い。その中には、当然騰蛇も入っている。

だけど現状、僕はその望みを実現させるだけの力を持っていなくて……。

「………」

黙り込んでしまった僕の腕に、小さな手がおずおずと触れる。

「……ヌシさま、ちょっとよいか？」

「ん？　何？」

「先ほどの太常の言葉、あれは間違っておらぬか？」

「え……？　どれのこと？」

「あの『最初は術が壊れ、同時に様々な道具が破壊され……』というやつだ」

華が、さっき僕が言った言葉を繰り返す。

「ああ、うん、間違ってないはずだけど？」

太常が言った、そのままのはずだ。

「では、少しおかしくないか？　その……順番が」

「……うん、僕もそう思う」

「……！　ヌシさまもか？」

「うん、龍神の一件のあとに気づいたんだ」

どうして騰蛇の魂が変じたのが、一坪の土地が二度目に所有者を喪失した時だったのか。封じの術が壊れた一度目ではなく。

どうして、騰蛇の魂を清め、鎮めることをせず、穢れごと封じるという手段に出たのか。

騰蛇は、様々な道具によって、魂の一部を封じられていた。

最初にその話を聞いた時、千の道具も一坪の土地の中に封印されていたと聞いて、勝手に思ってしまっていた。彼もまた千の道具と同じようにここで暮らしていたのだと。ただ、『一坪』の外に出ることが叶わなかっただけで、普通に。大した不自由もなく。

僕に知識がなかったがゆえに、そんな誤解をしてしまっていた。

だけど——おそらく違う。

『神を縛るか！　人如きが！』

夢の中で聞いた、叫びを思い出す。

あれは、間違いなく騰蛇だったのだと思う。

『驕りし人よ！　必ず報いを受けさせてやるぞ！』

騰蛇は、安倍晴明が一坪の土地に道具たちを封じようとした時点で、ひどく怒っていた。あの叫びが、それを物語っている。もしかしたら、すでに荒魂に変じる兆《きざ》しがあったのかもしれない。

だから、騰蛇だけは一坪に封じられた上で、魂にも封じの術を施されたんだと思う。つまり、二重の封印だ。

そして――ここからは怖くて太常にまだ確かめることができていないけれど――おそらく間違いないと思う。

魂を封じられた騰蛇は、意識がなかったか――何かを認識できる状態じゃなかったんだ。

そして、西の正室の間で深い深い眠りについていた。――強制的な眠りに。

一度目の土地の所有者喪失で、たくさんの道具が失われ、その術が壊れてしまった。

それでも、騰蛇が自分を取り戻すには至らなかった。

それほど、騰蛇に施された封印は強固で、頑丈で、厳重だったんだ。

騰蛇が自分を取り戻せたのは、二度目の所有者喪失時だ。

そして――彼は変じた。荒魂《あらみたま》に。

激しい怒りと、深い悲しみから。

「……っ……」

そうだ。騰蛇を縛れる人など、一人しかいない。

安倍晴明は、人を――国を愛するがあまり、その行く末を案じるがあまり、死してなお、神を縛りつけるなどという真似をしてしまった。

騰蛇は、ちゃんと言っていたのに。

『晴明よ。貴様のためならば』と――あんなに柔らかい声で。

人でもなく、国でもなく、ただ安倍晴明という人のためにと。

朱雀《すざく》だって言っていたじゃないか。

『本当は、アイツが一番、晴明を慕っていたんだから……』と。

そうだ。だから、あれは――慟哭の叫びだったんだ。

冷酷？　獰猛？　そうなのかもしれない。

それでも騰蛇は、たしかに安倍晴明という人を愛して、彼のために尽くしていた。

だからこそ屋敷のみなは、騰蛇が魂を変じた時、穢れごと結界の中に閉じ込めることしかできなかったんだと思う。

怒りをぶつけようにも、術を施したかの人は、何世紀も前にこの世を去ってしまっていて。

そして、彼を傷つけたかの人こそが、彼が興味を持ち――愛した唯一の者だという現実はあまりにも惨くて。その悲しみを癒やすことは、容易にできることではなくて。

でも、騰蛇を荒ぶるままにしておけなかったから……。きっと、人や、国のためもあっただろうけど、何よりも彼のために。

おそらく、間違いない。自分なりに十二天将のことを――騰蛇のことを調べているけれど、冷酷で獰猛とされながらも、『衝動的に破壊行動を起こす』と書いてあるものが多かった。

なんでだろう？　冷酷で獰猛なら、『破壊を好む』となっていてもおかしくないのに。

そうじゃない。騰蛇は多分、魂をコントロールできないんだ。

和魂《にぎみたま》になるも、荒魂になるも、精神状態に大きく左右されるんだと思う。

自分ではどうにもできない――そう生まれついているんだ。

天空《てんくう》が、『卑しく、まとまりがなく、いいかげんで、大部分で劣っている』性質で、日の半分も正気を保てないように。

天空も、生まれながらに定められているのだと、太常は言っていた。

おそらく、騰蛇もそうなんだ。

激しい慟哭は、彼を荒魂に変じてしまう。

荒ぶるままに、衝動的に行う破壊行動は、騰蛇の意思ではないから。

和魂に返った時、彼が破壊したものを前にまた悲しまなくて済むように。

だから、彼を閉じ込めた――。

僕が穢れに沈んだ場所を見て『悪いものがいるってことか……？』と訊いた時も、太常はあやふやに苦笑して首を横に振った。

騰蛇を悪いものだとは、一言も言わなかった。

だから、おそらくこの考えは間違っていない——。

「……切ない、な……」

でも、だとしたら、こんなに切ない話があるだろうか。

悲しく、切なく、苦しく——とてもやりきれない。

人を、国を愛し——人の未来を、国の行く末を案じたかの人を、誰が責められるというのだろう？　いや、そんなことは許されない。誰にも、安倍晴明を責める権利などない。

なぜなら、何も悪くないからだ。彼はただ、自分にできる最大限のことをしただけだ。

もちろん、騰蛇だって悪くない。

二度に渡る所有者喪失時に逃げてしまった神さまや、道具たちも。

誰も、何も、悪くない。

ただ、それぞれ——愛したものが、大切なものが、優先すべきものが、違っただけだ。

本当に、それだけだったのに。

「……っ……」

思わず、目を伏せる。

もちろん、僕だって騰蛇をこのままにしておきたくない。

だけど、僕に何ができる？

呪術的なことは、何もできないじゃないか。

「……ヌシさま……」

気遣うように、小さな手が僕の腕をポンポンと叩く。

僕はそれに自分の手を重ねて、強く握り締めた。

悲しい。切なくて、苦しい。

つらくて、痛くて、どうしたってやるせない。

そして、何もできない無力な自分には、猛烈に腹が立つ。

そんな様々な感情がないまぜになって、言葉にならない。

茨木童子を、愛するモノに会わせてあげたい。

騰蛇を和魂に戻して、解放してやりたい。

屋敷の神さまを、道具たちを、幸せにしてやりたい。

僕を慕ってくれるあやかしたちも、幸せにしてやりたい。

「っ……だけど……」

とことん向き合うことしかできない僕は、その術《すべ》を持っていない。

それが、とてつもなく悔しい。

僕に、安倍晴明ほどの力があったなら。

神さまたちを、人に搾取《さくしゅ》されるだけの存在にはしておかないのに。

神さまたちも、あやかしたちも、人とともに幸せになれる世にしてみせるのに——。

5

——おかしい。

そう思ったのは、タクシーを降りてすぐのことだった。

送ると言う茨木童子の申し出を丁重に断って、電車とタクシーを乗り継いで、阿部山まで帰ってきたのだけれど。

「……？」

違和感に首を傾げつつも、酷道という言葉がぴったりの道を通ってここまで送ってくれた運転手にしっかり頭を下げてお礼を言い、タクシーが走り去るのを見送る。

相も変わらず、阿部山キャンプ場（閉鎖中）はうっかり泣いてしまいそうなぐらい寂しい様子だった。

しかし、今日はそれだけではなかった。

「なんだ……？ 何もいない……？」

普通の人の目には、人の気配がしないシンと静まり返った寂しい場所にしか映らなくても、左目を太常と有無を言わさず交換された僕には違う。このあたりはいつも、あやかしたちが溢れ返っているのに。

「なんで、こんなに何もいないんだ……？」

「これは……」

華も困惑気味に、周りを見回す。

「あやかしどもが一匹もおらんとは……」

「あやかしだけじゃない。あやかし手前の靄みたいなのもだ。式神も、神さまたちも……」

一坪の土地の二度に渡る所有者の喪失によって封じの術が壊れ、神さまや式神の一部は、幽世の屋敷から出られるようになってしまった。それでも、阿部山からは出られないように太常がしているそうだけど。

つまり、ここは神さまたちが唯一現世に触れられる場だったりする。

それもあって、神さまたちは屋敷から出てきて、この山で羽を伸ばすことも多い。

中にはほとんどの時間を山の中で過ごしていて、なかなか屋敷に帰ってこないモノもいるぐらいだ。

そして、ここにはさまざまな理由でもとの棲処を追われて、この阿部山へとたどりついたあやかしも多くいる。

彼らは、幽世の町や、現世のこの山でひっそりと暮らしている。

だから、最初にここに来たあの日――。太常に何の説明もなく唐突に目を取り換えられて、子狐を探していた多喜子《たきこ》さんの前に放り出されて――そのままの流れで多喜子さんの家まで行くことになって、キャンプ場に停めた車まで行く間はめちゃくちゃ大変だった。

とにかく神さまが、式神が、あやかしが、あやかしになる手前の靄のような者たちまでがたくさんたくさん目に飛び込んできて。

そこにいるだけならまだしも、興味深げに近づいてきたり、『アルジサマ……』などと呼びかけてきたりするモノまでいて……。

多喜子さんの手前、悲鳴を上げるわけにはいかないじゃないか。せっかく家まで送るのを許可してもらったのに、何もないところを見て驚くなんて挙動不審な真似をしたら、すべておじゃんだ。だから、必死にポーカーフェイスを保っていたのだけれど。

「嘘だろ……？」

舗装《ほそう》された道から細い山道に入っても、何もいない。何も聞こえない。

そこそこ険しい山道を四百メートルほど進み、権現《ごんげん》さまにたどり着いても一緒だった。

一坪に至る道を一旦通りすぎて、神社の前に出ても同じ。そこにも、何もいなかった。

「どうなってる……？」

鬼ノ城では茨木童子をはじめ幽世の城で暮らす鬼たちも見たし、ここに帰ってくるまでもいろいろ見た。いつものとおり、だ。決して、太常の目が利かなくなっているわけじゃない。

「……！　そういえば……」

僕はふと気がついて、傍らの華を見た。

「茨木童子に連れ去られる前も、ここ静かだったたな？」

「ああ、たしかに」

華が頷く。

あの時は気づかなかったけれど、あの時からすでにあやかしたちの姿を見ていない。

「茨木童子の出現に驚いた声も、連れ去られるヌシさまを見ての悲鳴や、動揺の声も聞いていない。実に静かじゃった」

「だよ、なぁ……？」

　そもそも、僕がここに来たことも、茨木童子に連れ去られたことも、誰も知らないんじゃないか？　誰か気づいていたら、もっと騒ぎになっているはずだ。

「太常！」

　視線をぐるりと巡らせ、大きな声で呼ぶ。

「太常！　聞こえていないのか⁉」

　蛇神たちに龍神のもとに攫われた時は、呼べばすぐに現れたのに、今はその気配もない。

「太常！」

　もう一度呼ぶも、静まり返った山に僕の声がこだまするばかり。

「青龍！」

　ほかの神さまを呼んでも、同じだった。

「白虎！」

　誰も答えない。姿を見せない。

「朱雀！」

　ざわりと、冷たい何かが背中を撫でる。

　なんだ――？　いったい何が起こっている？

「僕の声が、聞こえていないのか……？」

そんなことがあり得るのか？

「華は、僕が呼んでも気づかないなんてこと……あるか？」

華が『一緒にせんでくれ』とばかりに顔をしかめて、きっぱりと首を横に振る。

「ないな。我は十二天将ほどの神ではないゆえ眠ることもあるが、主と定めし者から賜った名を呼ばれて、気づかぬなんてことはありえん。仮名とはいえ、それでも名は我らにとってとても大切なものじゃ」

「迷い家の中で深い眠りについた時でも？」

「そもそも主と定めし者がおる時に、それだけの眠りにつくことはほぼない。我ら付喪神は、人に使われることで力を増すもの。深い眠りが必要なほど力を失うことは稀じゃ」

「あ、そっか……」

「十二天将に名の縛りはないが、それでも主が呼ぶ声が聞こえぬなんてことは、ありえん。十二天将があの屋敷に封じられておる以上、ヌシさまはヤツらの正式な主だ。それは動かぬことなのだから」

「……だったら、聞こえているのに出てこないってことか？」

え？　何？　僕、十二天将に無視されてんの？

「間違いなく、そうであろうの」

華が太鼓判を押す勢いで頷く。

否定してほしかったけど、どうやらそうらしい。

「なんか……僕、可哀想じゃないか？」

「ヌシさまが不憫なのは通常運転だと思うが」

「う……」

無邪気な一言がぐっさりと胸に突き刺さる。

地味にダメージを受けていると、華が小さく息をついた。

「我は、まだあの幽世の理《ことわり》をすべて解しておらん。ヌシさまを幽世に連れてゆけず、すまぬ。ヌシさまとともにおれば、自分で扉を開く必要がなかったゆえ……」

「理……？」

一瞬首を傾げて——だけどすぐに理解する。そうだ、華だって神さまだ。幽世に入る術《すべ》は持ってるんだ。

そういえば、以前に聞いていた。過去、関東大震災にて主を失い、そして華自身も大きく傷ついて、幽世の迷い家で眠りについた話を。

「ああ、そうか……なるほど。屋敷がある幽世にも、入り方さえ理解すれば華が僕を連れて入ることもできるってことか」

「そのとおりじゃ。一言に幽世と言っても千差万別。それぞれ理が違う。我が自由に入れる場所もあれば、そうでない場所もある。屋敷のある幽世に関しては……我は常にヌシさまと一緒だったがゆえに、自分で扉を開く必要がなかったのじゃ。だから……」

あの幽世の理が理解できていないから、僕を中に入れることができないと――なるほどね。

「いや、謝る必要はないよ。それも考えようだ。華が幽世への扉を開けてたら、アイツらは僕を締め出す前に僕から華を引き離したはずだ。それぐらいはやってのける」

マジで、本当にアイツらの『主』の認識をなんとかしないとな。

「だから、できなくて正解だったんだよ。おかげで僕は独りで途方にくれずに済んだ」

「ヌシさま……」

にっこり笑うと、華が嬉しそうに頬を染める。

そして何かに気づいたように目を見開くと、ポンと手を打った。

「ああ、そうじゃ。屋敷のモノがダメなら、屋敷外に棲むモノならどうじゃ？　名を与えた下僕《げぼく》がおろう？」

「あ……！」

そうか。朔は屋敷の外の町に棲んでいるんだから、扉を開けられるんだ。

「神に迎合して、あやつも返事をせんかもしれんがな」

「……たしかに、朔には朔の立場があるんだろうけど、それでも僕の傍にいたいと望むなら、それは駄目だ」

足早に権現さままで戻り、一坪の前へ行く。

「僕のものでありたいと望むなら、絶対的に僕の味方でいてくれないと。――華のように」

「まぁ、それはそうじゃ」

華がニヤリと口角を上げる。

「果たして、猫にその気概があるかどうか、じゃな」

僕は一つ深呼吸をすると、ドンと一坪の土地を踏んだ。

「朔！　出てこい！」

「朔！」

あたりに、僕の声が響き渡る。

さらに二度三度とかかとを叩きつけ、叫ぶ。

「朔っ！」

応える声はない。

僕はムッとして、少々大人げない手段に出た。

「出てこい！　さもないと、二度と僕のお伴はさせないし、名前も取り上げる！」

近づくことすら許してやるものか。周りをウロチョロしようものなら――それこそ視界に入った時点で、華による丸刈りの刑だ。

そう宣言すると、隣で華が「それは楽しそうだのう！」と顔を輝かせる。

「毟り尽くしてやろうぞ！」

「――だそうだ。焼け野原みたいになりたくなかったら、出てこい！」

地面を踏み鳴らして、叫ぶ。

すると、近くの木が枝をざわりと揺らすと同時に、頭上からため息交じりの声が響いた。

「……なんてエゲつない脅しをするんですか。マキちゃん」

「お。出てきた。――よしよし」

根性あるじゃん。

僕は朔を見上げたまま、にっこりと笑った。

「さ、入れろ。朔」

「う……」

朔が僕の前にストンと降りてきて、ほとほと困り果てた様子で視線を泳がせる。

「……ええと、いや……それは……」

「入れろ。まず入れろ。何も言わなくていいから」

「いや、そういうわけには……」

僕の圧力に、朔がこれでもかというほどの渋面《じゅうめん》を作り、口ごもる。

「あの、中に入れるどころか……実は俺……ここにいるのもマズいんすよ……」

「なんだ？　何かやらかしたのか？」

「俺だけじゃなくて……あの屋敷の周りを棲処にしているあやかしすべてです。しばらく、あの幽世には入るなとお達しが……。阿部山からも、退避しておくようにと……」

「退避？」

避難をしろって？

思いがけない言葉に、思わず朔の腕をつかむ。

「何があった？」

「っ……いえ、それは……。マキちゃん、これだけは勘弁してください……」

僕の視線を避けるように顔を背け、そのまま俯く。

そんな朔ははじめてだった。

よほど太常から言い含められているのか――それとも？

「太常が怖いのか？　お前も、結局のところ神さまの味方なのか？」

「っ……！　違います！　マキちゃんのためにっ……！」

ため息をついた瞬間、朔が弾かれたように顔を上げ、激しく首を横に振る。

けれど、すぐにハッと息を呑むと、ひどく慌てた様子で顔を伏せた。

「も、もちろん、あの屋敷に住むモノではなく、その周りに棲みついたモノなんで、勝手はできません……。ここを追い出されたら、どうすりゃいいんですか……」

思わず、眉をひそめる。

なんだ？　今の。『僕のため』を引っ込めて、『太常が怖い』と言い訳し直したぞ。

まるで、太常に迎合していると思っていていてほしいみたいに——。

だけど、その言葉で理解する。

僕を幽世の屋敷に通すことは、太常の意思に反する『勝手なこと』なのだ。

それを犯せば、『幽世の町を追い出される』可能性があるほどの。

「間違いなく、僕は意図的に締め出されているんだな」

何かが起きたんだ。

それで、太常たちが僕を締め出し、屋敷の外に棲むモノたちにも退避を命じた。

それは理不尽でもなんでもなく、むしろ朔は、幽世に入らないほうが僕のためにはいいと考えている。

だけど——それを僕に知られたくなかった。

朔の嫌がり方から見て、今起きていることを僕に知られたくないんだろう。

僕のためと言えば、その理由を訊かれてしまう。太常の理不尽みたいなことにしておけば、普段から太常の横暴に慣れている僕なら諦めてくれるかもしれないってところだろう。

「…………」

言い表しようもない不快感に、僕は眉をひそめた。なんだそれは。

さっきまでは心配や不安ばかりだったけれど、なんだかだんだん腹が立ってきたぞ。

どうして、理由も何も聞かされないまま、こんなふうに締め出されなくちゃならない？

仮にも、主なんだろう？　僕は。

「朔……」

「スミマセン、マキちゃん。ホント……勘弁してください……」

「うん、お前は勘弁してやるよ」

お前が板挟みになるのがわかってて、なんの説明もなく僕を締め出した太常たちが悪い。

責められるべきは、そっちだ。

「え……？　あの、マキちゃん。俺は……」

「お前の立場を危うくする気はないよ。僕をないがしろにしているわけじゃないことだって、わかった。だから、お前はいい」

僕はまっすぐ朔を見つめて、唇の端を持ち上げた。

「お前の助けは借りない。ほかを当たる」

「っ……！　マキちゃ……！」

その言葉に、朔がギョッとした様子で身体を弾かせる。

「――主《あるじ》さま」

しかし、僕が強行しようとした瞬間、後ろから聴き慣れた低い声が響く。

その慇懃無礼《いんぎんぶれい》も甚《はなは》だしい声に――僕はため息をついて、背後を振り返った。

「太常……」

ようやく出てきたか。このやろう。

ギロリとにらみつけるも、いつものとおりそんなものどこ吹く風だ。

「これはこれは……主さま。どうかなさいましたか？」

檜扇で優雅に口もとを隠し、にっこりと笑う。

「どうもこうもないだろ？　やらなくてはならないことがあるから、来た。それだけだ」

そんな太常をまっすぐに見据えて、言う。

何が『どうかなさいましたか？』だ。白々しい。

そういう態度に出るなら、僕のほうにだって考えがあるぞ。

「それはそれは、恐れ入ります」

太常が恭しく頭を下げる。

僕は太常に倣った『にっこり』をお見舞いして、一歩踏み出した。

「さぁ、入れてくれ。時間が惜しいんだ。たっぷり時間を使えるのは、就職先が決まるまでだからな。今のうちにできるだけ進めておきたいんだ」

「よい心がけでございますね。主さま。ですが――」

「退《ひ》け。太常。僕はその一坪の土地の所有者で、前たちの主だろう?」

太常がかすかに目を見開く。

僕は挑むように太常を見つめたまま、口角を上げた。

「理由もなく、主の行く手を阻むなんて真似が許されると思うなよ?」

「主さま……」

「通せ。太常」

「――申し訳ございません、主さま」

いつもの調子でにっこり笑って、太常が再び深々と頭を下げる。

「家も道具も手入れが欠かせぬもの。それは現世でも同じことでございましょう? 実は今、幽世の屋敷は手入れの真っ最中なのです」

「………」

その満面の笑みに、苛立《いらだ》つ。

僕は内心ため息をついた。

――駄目だ。僕は太常とは違う。怒れば怒るほど笑顔になるだなんて奇怪な表情筋はしていないから、どうしても不快感が顔に出てしまう。

「非常に見苦しい状態になっておりますゆえ、お通しするわけにはゆかないのでございます。どうかご理解いただきたく。お伝えするのを忘れていたことは、わたくしの落ち度。心より、お詫び申し上げます。ですが――」

「……太常」

さすがに聞いていられなくて、途中で遮る。

「お前な……。つくなら、もう少しマシな嘘にしろよ」

「おや、なんのことでございましょう？　嘘などと。滅相もございません。わたくしは」

「お前、自分がどれほどひどい顔色をしてるか、わかってないのか？　顔面蒼白だぞ？」

見た瞬間、ギョッとしたわ。

「その嘘を貫き通したいなら、まずその顔色をなんとかしろ」

「……わたくしは……」

思いがけない言葉だったのか、太常が言い淀む。

僕は一つ息をついて、さらに一歩、足を進めた。

「お前にとって、『主』とはいったいなんなんだ」

嘘をついて、騙していい存在なのか。

都合よく使うだけの、道具なのか。

「お前にとっては、『主』も『大家』も、塵芥《ちりあくた》と同じか？」

「……主さま……」

ふと、笑ってしまう。主さま、か……。

太常は、安倍晴明をそんな風に呼んではいなかった。

それは、先の主への思いと今の主へのそれとの明確な差を、物語ってはいないか。

「お前が真に心を寄せた存在は、『あなた』と呼んでいた——あの人だけか？」

「——！」

今度こそ、太常が虚を突かれたように目を見開く。

僕はさらに太常に近づいた。

逃がしてなどやるものか。

お前だって、逃がしてくれなかったじゃないか！

「太常」

僕を無理やりここの主にしたのはお前だ。

だったら、何があってもお前は、僕の従者でいなくてはならない。

安倍晴明と同じように扱えと言っているんじゃない。

心から敬い、尽くせと言っているわけでもない。

僕がそれに値しないことなど、重々承知だ。

そうじゃない。形ばかりでもいい。主と従者という立場を崩すなと言っているんだ。

その建前を外すことは許さない。

何があっても。

そうでなくては――。

「主従ごっこでも、構わない。それでもお前は、その『ごっこ』を貫かなくてはならない。

そうでなくては、僕はお前たちの主でいられないから！」

僕は、この一坪の土地の所有者だ。

実際、確かなのはそれだけだ。

でも僕は、僕の祖父をはじめとする歴代の所有者たちとは違う。所有者であると同時に、

安倍晴明が遺した千の道具の主でもあるのだ。

「わかるか？　太常」

　だけど、契約を交わしたわけではない。

　そこには、特別なものは何もなかった。

　今も――同じ。主として確かなものなど、僕は何一つ持っていない。

　あるのは、一坪の土地の権利書だけだ。

「僕を主たらしめているのは、お前たちが主と呼び、常に尊び、敬い、行動しているからにすぎない！　それだけだ！　それだけなんだよ！　それだけしかないんだよ！　その意味が、本当にわかっているのか⁉　太常！」

　ぐっと、太常が言葉を詰まらせ、顔を歪める。

「思いが伴っていなくたって構わない！　心から主として――安倍晴明のように敬うことは難しいだろう！　だけど――その形まで崩してしまったら、僕はお前たちの主でいられなくなってしまう！」

　望んで、主になったわけじゃない。

　今でも、主をやりたくてやってるわけじゃない。

　それでも――知れば、かかわれば、自然と情は湧く。生まれる絆がある。

　こんな形で終わりたくないと思う程度には、お前たちのことを思っているから。

「──困るんだろう？　僕が主でなくなったら。太常。もう所有者だけでは駄目だと、主が必要だと、そう言ったのはお前じゃないか！」

だったら、嘘をつくな。

誤魔化すな。

踏みつけるな。

ないがしろにするなよ。

どうでもいいものみたいに扱うな。

「それだけは許さない！」

それだけはやっちゃいけない！

そこの一線だけは、守らなきゃいけない！

「……主さま……」

この一件だって、そうだ。僕は別にすべてを話せだなんて言っていない。言えないことがあったっていいんだ。

『事情があり理由は話せませんが、しばらく幽世には来ないでいただけますか。作業をしていただける状況になりましたら、こちらから連絡いたしますから』と事前に言ってくれたら、僕は何も言わなかった。

いや、ここにきてからでも、遅くはなかった。

幽世の屋敷にいても、阿部山のことはすべて把握できているって言ってたじゃないか。以前、権現さまにお参りにきた多喜子さんの前に、僕をタイミングよく放り出すことまでしていたじゃないか。

一坪の土地の前に出てきて、そう言ってくれていたら、僕はその場で回れ右していたよ。僕が強行突破しようとするまで呼びかけには一切応えず、ずっと無視を決め込んでおいて、そのくせ出てきたら出てきたで、嘘をついて追い返そうだなんて――それは絶対に違う！

ただ、誠実であってほしい。それだけなんだ。

なんの力も持っていないけれど、それでもお前が必要とする限り、お前の――お前たちの主でいようと思うから。

そう思えるように、なったんだから！

「退け！　太常！　嘘や誤魔化しで、主を阻むんじゃない！」

僕と同じ――闇と光のオッドアイを見据えて、はっきりと言う。

お願いだ。

それだけは、しないでくれ。

「僕は、お前と――ちゃんと向き合っていたいんだよ」

「ッ……！　主さま……」

太常がひどく動揺した様子で、視線を泳がせる。

その隙を――僕は見逃さなかった。

「華！」

僕の声に応えて、華が僕と太常の間に立ちはだかる。

同時に僕は数歩下がり、一坪の土地の上に立って、空を見上げた。

「天空！」

少々ズルい手だと思いながらも、声を張り上げる。

「天空！　僕の声が聞こえるか⁉　僕を中に入れてくれ！　君なら――」

「ッ……主さま！」

「マキちゃんっ！」

太常と朔が僕の強行突破を制止すべく手を伸ばす。

「僕の思いに応えてくれるだろう――？」

その手を華が跳ね退けると同時に、待ちわびた浮遊感が身体を包んだ。

そして、景色が一変する。

「――ッ！」

目の前に広がった惨状に、僕は愕然として立ちすくんだ。

何かが起きている——。

朔の態度と太常の顔色で、それは確信していた。

だけど、これは予想していなかった。

まさか、こんなことになっているなんて。

「…………」

言葉が出ない。

あたり一面、火の海だった。

夜でもないのに、幽世は闇に包まれていた。

その闇を焦がすように紅蓮《ぐれん》の炎が燃えさかる。

「なん、だ……？　これ……」

茫然と呟いた瞬間、ものすごい轟音とともにさらなる火柱が上がる。

炎がまるで生きもののように噴き上がり、赤い津波となって屋敷を呑み込んでゆく。

「やめろ……！」

この屋敷は、この国の守護の要《かなめ》なんだ。

ふらりと近づこうとした僕を、華が慌てて止める。

「ヌシさま！　危険じゃ！　近づくな……！」

「だって、華……！」

そんなこと言ったって、炎が……！

「あるじ」

屋敷の前に佇んでいた天空が駆け寄ってきて、華と同じように僕の腰にしがみつく。

「て、天空……！　これは、いったい……！　なんで、屋敷が……！」

問いの答えを持たないのか、質問自体がわからないのか、天空が小首を傾げる。

「っ……」

仕方ない。天空はそういう神だ。秩序を持たないモノ――。

だからこそ、ほかの神が沈黙を貫く中、ここに入れてくれたんだから。

僕は自分でその答えを知るべく、燃えさかる炎へと一歩距離を詰めた。

「っ……ヌシさま！　危険じゃ！　近づいてはならん！」

「だって屋敷が……！」

僕は激しく首を横に振り、視界を染める赫に手を伸ばした。

「やめてくれっ……！」

燃えてしまう。

せっかく安倍晴明が遺した道具たちが！

この国を守る尊きモノたちが！

僕の神たちが――！

「やめろっ……！　誰かっ……！」

あの火を消してくれ！

僕は力の限り叫んだ。

「やめろぉーっ！」

そんな僕を嘲笑《あざわら》うように、建物を喰らってさらに大きくなった焔《ほのお》が、天高く噴き上がる。

そして、それはまるで紅炎の龍のようにうねり、唸り声を轟かせ、屋敷に襲いかかった。

参考文献

「銘尽：観智院本」帝国図書館（1939）

「日本建築のかたち―生活と建築造形の歴史」西和夫・穂積和夫著　彰国社（1983）

「神道のしきたりと心得―日常拝礼の作法がよくわかる」
神社本庁教学研究所監修　池田書店（1990）

「陰陽師「安倍晴明」超ガイドブック」安倍晴明研究会著　二見書房（1999）

「妖怪と怨霊の日本史」田中聡著　集英社新書（2002）

「日本妖怪散歩」村上健司著　角川書店（2008）

◉定価：本体660円+税　◉ISBN:978-4-434-28250-8

嘘つきたちの晩酌

The lies in between....

伊月千種
Chiguasa Itsuki

この夜が終われば何かが変わるだろうか

大学卒業を控え、就職や進学などそれぞれの道へと進む、優香《ゆうか》、千恵美《ちえみ》、征太《せいた》、彰士《しょうじ》。二年間シェアハウスで同居していた彼らは、四人で過ごす最後の夜に、思い出作りとして「秘密暴露会」を開くことにした。酒と肴《さかな》を手に、誰にも言ったことのない秘密を明かすことで親交を深める——そんな会になるはずが、一人、また一人と暴露するにつれ、四人の複雑に絡み合った事情が浮き彫りになり……？

◎定価：本体660円＋税　◎ISBN 978-4-434-28383-3　◎illustration：ジワタネホ

東京税関調査部、
西洋あやかし担当は
こちらです。
視えない子犬との暮らし方
人とあやかしの絆は
国境だって越える!?
アルファポリス
第3回キャラ文芸大賞
大賞
受賞作
ギリシャへ旅行に行ってからというもの、不運続きのアラサー女子・蛍《ほたる》。職も恋人も失い辛～い日々を送っていた彼女のもとに、ある日、税関職員を名乗る青年が現れる。彼曰く、蛍がツイていないのは旅行先であやかしが憑いたせいなのだとか……
まさかと思う蛍だったけれど、以来、彼女も自分に憑くケルベロスの子犬や、その他のあやかしが視えるように！　それをきっかけに、蛍は税関のとある部署に再就職が決まる。
それはなんと、海外からやってくるあやかし対応専門部署で!?
◉定価：本体640円+税　◉ISBN:978-4-434-28251-5
◉Illustration：伏見おもち

この作品に対する皆様のご意見・ご感想をお待ちしております。

おハガキ・お手紙は以下の宛先にお送りください。

【宛先】

〒150-6008 東京都渋谷区恵比寿 4-20-3 恵比寿ガーデンプレイスタワー 8F
（株）アルファポリス　書籍感想係

メールフォームでのご意見・ご感想は右のＱＲコードから、
あるいは以下のワードで検索をかけてください。

アルファポリス　書籍の感想　検索

ご感想はこちらから

アルファポリス文庫

晴明《せいめい》さんちの不憫《ふびん》な大家《おおや》3

烏丸紫明（からすましめい）

2021年 1月30日初版発行

編集－加藤純
編集長－太田鉄平
発行者－梶本雄介
発行所－株式会社アルファポリス
〒150-6008東京都渋谷区恵比寿4-20-3恵比寿ガーデンプレイスタワー8F
TEL 03-6277-1601（営業） 03-6277-1602（編集）
URL https://www.alphapolis.co.jp/
発売元－株式会社星雲社（共同出版社・流通責任出版社）
〒112-0005東京都文京区水道1-3-30
TEL 03-3868-3275
装丁イラスト－くろでこ
装丁－AFTERGLOW
印刷－中央精版印刷株式会社

価格はカバーに表示されてあります。

落丁乱丁の場合はアルファポリスまでご連絡ください。

送料は小社負担でお取り替えします。


ISBN978-4-434-28406-9 C0193